U0028911

青橋由高
圖・HIMA
我的魅魔師父好洶好可愛

目錄

序章 被奉獻給初始惡魔莉莉絲

莉莉絲。

打從少年懂事起，就是聽著這個惡魔的名字長大的。

「你是為了莉莉絲大人而生的。」

「你要為了莉莉絲大人而死喔。」

少年不斷聽雙親如此耳提面命，就這樣長大。同時也一而再、再而三地重複，簡直像是在唱搖籃曲似的，被灌輸關於莉莉絲的各種知識。

莉莉絲是初始惡魔，是最古老、也最強大的惡魔。

莉莉絲比夏娃還搶先一步誘惑亞當，是第一個人妻。

莉莉絲拋棄亞當後成為撒旦之妻，生出許多惡魔。

莉莉絲不論是怎樣的男人或是女人都會讓他們成為肉欲的俘虜，是最淫蕩的惡魔。

莉莉絲這個淫婦跟任何人都能交合，卻不會讓任何人騎在自己身上，總是將對方壓在下面。

莉莉絲將凶猛的貓頭鷹當成使魔驅使。

「來吧，為了莉莉絲大人獻上那條命吧。」

「來吧，為了莉莉絲大人獻上那條命喔。」

惡魔莉莉絲。

少年初次見到那個身影時，他的性命正有如風中殘燭般即將消失。

秀髮散發金黃色光輝，又長又有光澤。

妖豔肢體裹著比鮮血還要赤紅的洋裝。

胸部有著奇蹟般的尺寸與外形，只能說它無視了名為重力的存在。

頭部有兩支角。

背上長出大大的翅膀與細長的尾巴。

端整臉龐就像將美這個概念直接表現出來似的。

以及那對眼眸，光是被望一眼好像就會被凍住。

一隻擁有銳利鳥喙的貓頭鷹站在她肩上。

「莉莉絲大人，請您收下。」

「莉莉絲大人，請您實現我們的願望。」

「…………」

莉莉絲緩緩走近少年，過度冰冷的視線有如在打量被獻上的活祭品似的，少年尚未成熟的心臟瞬間一頓。不過，小小的心臟立刻再次跳動，前所未有地炙熱、用力、激烈地跳動。

「請……殺了我。」

如果是被這個美麗惡魔殺死，那自己的人生就一定不是白活的。

眼前的惡魔就是蠱惑到足以令年幼少年如此心想的地步。

然而，莉莉絲並沒有動。她只是盯著這邊看，什麼也不肯做，不肯殺掉自己。

「拜託了，請您，殺掉我。」

該不會自己不夠格當活祭品吧？這種恐懼令少年接近莉莉絲，伸手抓住赤紅色洋裝。

只要做出這種大不敬的行徑，或許對方就會因憤怒而殺死自己——少年如此心想。想像自己噴出跟這件美麗洋裝一樣赤紅的鮮血命喪黃泉，少年柔弱的身軀頓時一顫。

「……是呢，那就收下你這條命吧。」

初次耳聞莉莉絲的聲音，甜美得足以令耳膜與大腦融化。

然後，少年在這邊失去意識。

（為什麼來到這個國家還是得被召喚才行啊？真是的，討厭死了！）

遠古惡魔莉莉絲感到厭煩。明明自己是為了追尋自由自在的靜謐生活才來到這個極東島國的，卻被強力術法硬是召喚出來，這個事實令她打從心底感到不耐煩。

（哇啊，什麼呀，這裡真的是日本嗎？是在某處的洞窟裡嗎？哎呀呀，這些傢伙還挺正統派的嘛，有好幾百年沒見過這個了。我還以為把自己叫出來的術法早就失傳，所以放心了說。）

魔法陣被畫在一個昏暗潮溼、有如洞窟般的場所，而她就站在魔法陣的正中央。一直到剛才為止她都在自己的公寓開心地睡著午覺，所以現在覺得很睏。之所以眼神凶惡也是因為如此。

（究竟要等到何時，關於我的誤解才會消失呀？）

是召喚出自己的集團代表嗎，中年男女正在說些什麼。雖然像是在讚頌莉莉絲，但對本人而言等同於是侮辱。畢竟關於莉莉絲的傳承幾乎都與事實相左。

（我是最初的、第一世代的惡魔屬實，但其他事可以說全部都是騙人的呢。畢竟什麼亞當啦撒旦啦只不過是陌生人罷了，而且我還是未婚，更沒生過什麼小孩。）

魔族很常被當成陪襯神明的綠葉，被人類單方面地利用其存在，卻也沒有惡魔像自己這樣被硬塞這麼多偽造的逸聞——她如此心想。

既然身為初始惡魔，那自己就確實是魅魔或是夢魔這些淫魔的始祖沒錯。然而，那只是許久以前因一時心血來潮收下的魔族弟子後來變成魅魔而已，並不是莉莉絲生下的。魅魔生下的就是夢魔。

（而且我可是處女，也不懂男人。面對如此潔身自愛的惡魔，這些臭人類也太過分了吧。你們才更像惡魔呢。真想找出那個亂傳謠言的人類，然後消滅他吶。雖然對方應該早就死掉就是了。）

「莉莉絲大人，請您收下。」

「莉莉絲大人，請您實現我們的願望。」

「…………？」

莉莉絲一邊靜靜地發怒，一邊望向來到眼前的年幼少年。以前她曾數次被人類召喚過，但是拿這種小孩當活祭品卻還是頭一遭。

（欸？該不會在這片土地上我被視為正太控吧？難得來到對莉莉絲或惡魔好像沒興趣的國家說，我可沒這種喜好吶。）

那麼該怎麼辦呢，金髮惡魔如此思考。

雖不知對方有何企圖，但她可無心幫助用小孩當活祭品的人們。速速從這裡離去是最簡單的做法。

然而這樣做的話，她會擔心這名少年的下場。如果丟著不管，等著他的肯定是不像樣的人生。就算是現在，明顯也是相當不像樣的際遇。

「請您……殺掉我。」

莉莉絲正在思考善後的方法，促使她下定決心的是少年如蚊般細小的聲音與衝擊性的臺詞，以及望向她的純真、無比純真的眼瞳。

就算扭曲的念想，只要沒有雜物混入其中就依舊是純真。

（啊，好可愛。這孩子真可愛，而且看起來挺聰明的，而且又可愛。反正他將來似乎會長成一個好男人，而且挺有趣的。這樣好像可以打發無聊的時間，那我就收下吧？）

這只是走過漫長人生的莉莉絲的一時興起。

「……是呢，那就收下你這條命吧。」

初始惡魔初次收人類為弟子，是打從這天算起一年後的事情。

第一章
黑衣新娘的消滅宣言求婚

1 昴的日常

「惡魔盯上我們了，只有信神才能得救。」

在放學回家的路上，田中昴被一名瞳孔圓睜的年輕男人搭話。

（烏拉……沒有任何反應，意思是沒有敵意嗎？）

確認在大樓上守望著這邊的貓頭鷹沒有動作後——

「啊，這種事正好趕上呢。我可是有請惡魔守護著。」

隨口應付後，昴大步趕路。因為不快一點的話，就會趕不上傍晚的限時特賣。

「吼，惡魔主義者……」

（人類比惡魔要可怕多了。）

從後方傳到耳中的嘆息聲令昴浮現苦笑。不是很愉快的回憶瞬間復甦，但昴立刻把意識轉回今晚的菜單上面。

（只要一不注意我家的師父，她就會老是吃肉。得多弄一些蔬菜才行。）

在最近的超市手腳俐落地購入食材後，昴返回自家公寓。昴跟監護人兩人在最頂樓的一個房間生活。

「師父，我回來了。」

「今天比平常還晚呢，笨蛋徒弟。」

「哇啊！嚇我一跳！」

耳畔突然傳來聲音，又從背後被緊緊抱住，昴當場嚇得跳了起來。先不提被緊擁，連脖子都被微微勒緊，這種事不論體驗過多少次他都不太習慣。

「你也太大驚小怪了，這種程度在那邊吃驚什麼呀，真軟弱呢。我要勒你脖子囉？」

一邊如此感嘆，一邊貼得更緊的人是昴的師父，同時也是監護人入家莉莉亞。

這名美女擁有散發出光輝的漂亮金髮，令人聯想到寒冰的藍色眼眸，雪白透亮的玉肌，過於端整的姣好面貌，卻有一點不同於普通人類。那就是長在頭部的兩根角與長在背上的翅膀，還有從腰際伸出的細長尾巴。

「有人消去氣息突然從背後抱上來的話，通常都會嚇到的！脖子被勒住一般來說就是在威脅！不可以對我以外的人這樣做唷!?」

「我並沒有消去氣息就是了？單純只是昴很遲鈍啦。而且，為何我這個繭居族會跟你以外的人見面呀？話說回來，你真心以為我會做這種事嗎？對不中用又遲鈍的徒弟應該要給予處罰才行吶。看招，看招看招！」

「痛，好痛喔師父！」

莉莉亞用大角輕刺昴的後頸跟臉頰。雖不是又利又尖，卻也是挺痛的。感覺上她準確地狙擊著痛點。

「撿回來都十年了，你還是一個廢柴徒弟呢。真可悲，太欠缺身為大惡魔莉莉絲之徒的自覺了。」

誠如自身所言，莉莉亞是惡魔，而且還是被稱作莉莉絲的最初期、最強等級的惡魔。世上所有惡魔的始祖就是莉莉亞。

雖然本人表示「居然問女性年紀，昴真是粗神經呢。想從這世上被抹消存在嗎？」而不肯告知，但關於莉莉絲的傳承如果正確，計算起來至少也會有三千歲以上。

「畢竟身體雖然長大了，個頭卻還是比我矮呢。」

「關、關於身高我也很介意，請不要提及此事……」

比起自己的身高低於平均，必須抬頭仰望師父臉龐的事實更令他懊悔。然而在心情上，昂也覺得身材高䠷的師父很帥氣。

「過去我收過幾名魔族當徒弟，但不會使用魔法的人就只有你唷。」

「我是普通人類真是抱歉……」

莉莉絲過去收過的徒弟全部都是魔族。

「也不能聊女性話題。」

「身為男人真是抱歉……」

而且全員都是女性，其中一人是淫魔魅魔的祖先。

「哎，我並不介意種族，而且事到如今你是男的我比較開心就是了。」

莉莉亞最後的低喃，昂沒能聽見。

「欸？剛才說了什麼嗎？」

「不，沒什麼。只是覺得你這徒弟真教人費心呢。」

唉——大大嘆了一口氣後，莉莉亞將更多體重壓到昂身上。

（嗚啊！胸部，師父的胸部！）

就算保守地評論，莉莉亞的胸部也是爆乳。具體地說，是破表等級的超大尺寸，就算用罩杯的意義來說也超越了K點，不過據說連本人都不曉得正確的罩杯。

『我不用胸罩，所以也不知道尺寸呢。不過可以確定跟你一起生活後就變大了，呵呵。』

尺寸之所以發生變化，是莉莉絲會反映出周遭欲望的這種性質所造成的。換言之……

『你喜歡大胸部呢。』

曾被如此取笑過。

（雖然不覺得自己特別喜歡胸部，不過師父的身體出現變化，就表示事情就是這麼一回事吧。）

被過度凶惡的雙峰壓住背部，昴這個年輕的健康男高中生不可能保持平常心。而且這個惡魔平時就喜歡穿暴露的衣服，所以又更加惡劣了。不論生活得多不健康，只要有魔力肉體就不會老化或是劣化，因此她總是沒穿胸罩，即使尺寸超大也完全沒有下垂。

莉莉絲就是將美麗與性感這種概念帶入肉體的存在唷——莉莉亞的這番話語，如今正化為實際的質量與觸感抵住昴的背部。

「喂，是在那邊逃什麼啊。回家的抱抱——蔑視師徒之間的親密接觸是不可原諒的事。如果不盡身為徒弟的本分，我就要消滅你唷。」

昂不斷掙扎試圖逃離，莉莉亞雙手並用，甚至用上細長的尾巴束縛住徒弟。

「師、師父的親密接觸太過火了啦！」

「對於身為淫魔的莉莉絲來說，親密接觸就跟呼吸一樣喔，你也差不多該習慣了。還有，放棄吧，昂小時候明明會自己抱我的說。」

「幹麼提往事啊！」

「明明一起洗澡又吸胸部，還因為一個人睡不著就鑽進我的被窩，把胸埋進胸部的說。」

「那那那是……因為我當時還小……」

「閉嘴，色徒弟。別因為肌膚相親這種程度的事情就慌慌張張。真難看。好了，請你也好好主動擁抱我，來個回家吻吧，不然我要將你逐出師門囉？要把你打入魔界唷？將你沉入血池唷？」

莉莉亞暫時放開昂，大大地展開雙臂。

「……我回來了，師父。」

做了兩次深呼吸後，昂擁抱美過頭的師父，在她那滑膩的臉頰上輕輕吻了一下。明明完全沒使用香水之類的東西，卻散發出亂七八糟的甜美香氣，真是凶惡。

「歡迎回來，昂……啾。」

跟昴不同，莉莉絲朝嘴脣回了一吻。

這是自幼養成的習慣，所以根本想不起來哪一次才是初吻——如此心想的昴暗自感到懊悔。

2 莉莉亞的日常

「那麼，為什麼會晚歸呢？今天應該不用打工吧？」

昴換下制服走回客廳後，迎接他的是躺在沙發上嘴裡塞滿零食的莉莉亞。她穿著開高衩的衣服又蹺著腳，白皙柔軟的大腿也因此被看光。

「我覺得沒晚到說是晚歸的地步呢。」

「你離開學校時有聯絡說五點會到家，不過回家時卻是五點八分，遲到了八分鐘之久唷。這是無法視而不見的過失，是值得以死謝罪的失誤喔。」

莉莉亞拿起手機，將畫面拿給昴看。那邊的確顯示著昴傳的『現在要離開學校，五點左右會到家』的訊息。

「不是寫著五點左右嗎，在誤差的範圍內啦。」

「吾等惡魔是在契約社會中過活的，守時是初步中的初步喔。連這種事都不懂嗎？笨蛋徒弟。」

「師父想表達的事我懂。雖然懂，但這種小事還請您大人不計小人過嘛。」

「這種小事沒差吧的姑且心態是最危險的唷，我想說的是平常的生活中就要繃緊神經才行。」

「…………」

「什、什麼啦，那種微妙的冷淡眼神是怎樣。」

「呃，被中午過後才起床，而且恐怕一直睡懶覺到剛剛的人這樣說教，我也很困擾吶。」

望向客廳後，昴輕聲、卻讓莉莉亞能夠聽見地發出嘆息。

莉莉亞睡的沙發周圍散落著寶特瓶跟零食，不過至少昴早上去上學時並不是這副鬼樣子的。

「惡魔是夜行性的喔。而且，我可沒有在耍廢唷。對師父胡言亂語我可不答應喔，想在物理層面上被消滅嗎？……啊！」

美麗惡魔開始說起露骨的藉口，昴從她手中搶走手機，一邊用專用的擦拭布擦畫面，一邊輕觸圖示。

「呃，喂，隨便玩別人的手機很沒禮貌喔，昴！」

「平常總是提醒師父別用摸過洋芋片的手玩手機吧？……嚯，光是今天就農了不少嘛，而且又課了不少錢。」

昴啟動的是莉莉亞正在沉迷的遊戲。在師父的命令下，昴在自己的手機裡也安裝了那個遊戲，而且偶爾也會在師父強迫下麻煩地重破好多次，因此光是確認狀態表，就能立刻掌握大致上的狀況。

「用自己賺的錢有錯嗎？我可是有錢人唷，昴也是知道的吧？只要你想要，也能花錢如流水般地課金唷？呵呵，兩人一起課金下地獄，不覺得很適合惡魔跟她的徒弟嗎？」

「不覺得，還有為何也要把我拖下水呢……我並沒有說不准課金，而且那些錢確實也是師父工作賺來的，只不過師父答應過要控制在常識的範圍內吧？」

「不想被不守時遲到的徒弟這樣說呢。」

「惡魔得重視契約才行不是嗎？」

昴一邊用無線吸塵器吸走掉在沙發周圍的零食碎屑，一邊對莉莉亞回嘴。

「唉唉——今天又吃了不少呢。師父太偏食了，明明馬上就要吃晚飯的說。」

「呵呵，我是上級惡魔，沒必要像低等人類那樣小心翼翼地從食物中攝取能量喔。要再說一次的話，甚至沒必要努力維持完美無缺的美貌跟身材唷，感謝我吧？」

正如莉莉亞所言，身為美麗化身的莉莉絲肉體跟老化與劣化都無緣。雖然會變美，卻不會逆向發展，具有其不可逆性。真是對美的作弊之舉吶——昴如此心想。

「為、為何這邊會出現感謝這個字眼呢？」

「託嫡傳弟子這個名義的福，才可以跟我這種絕世美女在一個屋簷下生活，所以感激我不是理所當然的事情嗎？」

「什、什麼名義……呃，我確實連魔法都不會用，還是一無可取的人類，也是一個沒辦法聊女性話題的對象就是了。」

「有沒有優點毫無關係喔，對我而言。只要你是你就夠了。」

「啥？」

「沒什麼啦，別在意。」

「喔。」

「哎，對昴這個孱弱又脆弱的人類來說，無法理解我這種享樂的境界也很正常啦。呵呵呵，很羨慕吧？」

從鼻子發出冷哼取笑收拾零食袋的徒弟後，莉莉亞將手伸向裝著巧克力的盒子。

「吃完鹹的接著當然就是要吃甜的囉。」

她一邊這樣說，一邊偷瞄昴。

「的確，像師父這種級別的大惡魔，並不需要為了營養而用餐呢。」

「呃，嗯嗯，對呀。像我這種高等級的惡魔，是可以從大氣中攝取魔力的唷。我的魔力儲存量本來就跟那些魔族無法相提並論，就算供給有些不順也不會有問題的喔。」

是以為自己一定會被制止嗎，昴並沒做出什麼反應令莉莉亞看起來似乎有些困惑，但她仍是就這樣打開了巧克力的盒子。

「那麼，今天就不需要準備晚飯囉。畢竟下等人類做的料理，對身為惡魔始祖莉莉絲的莉莉亞大人而言是沒用的嘛。」

打掃完畢、將吸塵器放回兼具充電器的架子上後，昴故意不跟莉莉亞對上視線，準備就這樣離開客廳。

「等、等一下，昴。不停步的話，我就要用角從後面貫穿你的心臟喔！」

這種危險而且在某種意義上很有惡魔風範的恐嚇，以及莉莉亞纏向手腕的尾巴一起留住了這樣的昴。

「今天的晚飯你打算做什麼呢？」

「反正師父又不吃，有必要說嗎？」

「快說，這是師父的命令。如果拒絕，我就當場終結你的人生。」

莉莉亞一邊用角輕刺背部，一邊如此質問。

「我去超市前面那家常去的肉攤時，那邊進了品質很不錯的雞，所以今晚我本來考慮稍微拚一點來個烤全雞的。」

「那個該不會是——」

「是的，就是在肚子裡塞滿米，讓它吸滿肉汁的那個。」

柔韌的惡魔尾巴緊緊縮住。然後，有著心形模樣的尾巴前端部位，像是想說些什麼似地輕輕摩擦昴的手。

「之所以會晚歸……」

「嗯嗯，因為我請肉販清理了內臟。還有，我也有請酒販等會兒送適合這道菜的酒過來，不過看樣子是白費工夫了呢。」

「……明白了，既然可愛的徒弟這麼用心，我這個師父就非吃不可了呢。這是師父的職責，是義務吶，嗯嗯。」

雖然最喜歡垃圾食物，對肉類料理跟酒也很沒抵抗力的惡魔咕嘟一聲吞下口水，一邊說出強加恩惠給他人的臺詞。

這裡如果說錯話莉莉亞就會鬧彆扭，不過這名徒弟已經跟麻煩的師父一起生活了很久，所以並未弄錯選項。

「感激不盡，師父。那麼我現在立刻去做菜，請您稍候……啊啊，今天已經不行再課金了唷？」

微微一笑後，昴若無其事地從莉莉亞手中拿走巧克子的盒子，接著再次走向廚房。

3 改變的日常

（唉唉，師父今天也很性感呢。好漂亮喔，而且聞起來真香吶。）

在廚房開始做菜後，昴靜靜地、卻又深又長地嘆了一口氣。

（正如師父所言，以前明明不會這麼臉紅心跳的說。果然是因為當時還是小孩吧。是我長大變下流了嗎？）

昴下個月就滿十八歲了，但他有一半以上的人生都是做為莉莉亞之徒度過的。與親生父母之間的那段日子昴幾乎都不記得了，而且也不想回憶，畢竟他們試圖將親兒子當成活祭品獻給惡魔莉莉絲。

「親密接觸，嗎……」

昴用手輕撫方才被莉莉亞吻過的嘴唇。自從被收養後，沒跟莉莉亞親吻過的日子用手指頭就能數出來，而且昴以前也能普普通通地親吻莉莉亞。然而，這幾年他卻做不到了。

（不，這是不可能的事！就算腦袋明白，面對師父時是不可能維持平常心的！以莉莉絲為對象，是不可能有人類能夠保持冷靜的！）

遠古大惡魔莉莉絲，在世界各地的神話中以各種形式被傳承下來的女惡魔。

莉莉絲比夏娃先一步成為亞當的妻子，傳聞中也提到她成為撒旦之妻後產下許多惡魔，還有變成誘惑男人的魅魔的事，不過讓本人來說的話──

「那種事幾乎都是謠傳喔，謠傳。全是人類用對自己有利的方式擅自捏造、創作的傳承。真令人生氣呢。我的確是舊惡魔，也不會說傳承全是謊言，不過人們想像出來的莉莉絲形象實在是太糟糕了。」

事情似乎就是如此。

實際上昴就是被莉莉絲本人養大的，所以他知道這些話是事實。

不只莉莉絲，昴也被教導人類會用對自己有利的方式擅自曲解惡魔跟天使的傳承，畢竟惡魔跟天使都會前來他現在打工的地方。

「為何只有莉莉絲被說得像是色女呢，真是無法接受吶。哎，親密接觸稍微有點過頭這件事我承認，不過我可沒跟亞當還有撒旦結婚喔。我可還是未婚，也沒生過小孩。就算是淫魔也是會挑對象的唷。」

過去莉莉亞大表不滿時的表情，以及說出「對象」一詞時曾偷瞄過自己。回想這些事情時，昴依舊動作俐落地做著料理。

（用來當主菜的雞，這樣用烤箱烤就ＯＫ了。）

成為上級惡魔莉莉絲的徒弟後，最初被命令要學會的就是做家事，特別是料理。雖然處於幾乎都得自學的狀況之中，不過看到師父放著不管立刻就會叫外賣的模樣後，當時年紀尚幼的昴可是拚命地努力過了。

（記得師父以前老是要我吃披薩呢。）

收養昴後，莉莉亞不懂要讓人類小孩吃什麼才行，所以叫了各式各樣的外賣。這件事昴當然記得很清楚，也很感謝她那笨拙的溫柔。

（剛開始學做料理時明明餐餐搞砸的說，師父還是一邊抱怨一邊吃下去吶。記得我感到很內疚，卻也非常高興，所以才會努力學習。）

多虧於此，如今和洋中加上甜點還有諸般下酒菜等等，昴會的料理種類繁多。芳齡超過三千歲的師父，對家事是全然不通。

「沙拉要怎麼處理呢。」

「草我不需要喔，只有肉就行了，肉就行。人類怎樣我是不曉得，對惡魔來說會滴血的肉才是最棒的。」

莉莉亞無聲無息出現在廚房，不悅地瞪視探頭望向冰箱蔬果室的徒弟，一邊如此說道。那是沒有耐受性的人類，光是被如此盯視就會暈死般的不祥視線，這是她就是這麼不想吃蔬菜的意志表現吧。

「明明比起三分熟更喜歡全熟的說，您是在說啥啊。不行的喔，師父本來就很偏食了，就算能用魔力應付，也用不著故意對身體造成負擔吧？」

「不如說既然是惡魔，就應該要暴飲暴食才對唷。為何我非吃草不可啊。」

昴很普通地無視了滿嘴歪理的莉莉亞。

「有酪梨呢，用這個好了。」

「你有在聽嗎？居然無視師父，膽子挺大的呢。我要勒你脖子了喔？像那邊的雞一樣勒住你喔？」

話說出口時，莉莉亞纖細的手指已經放到昴的喉嚨上了。當然她並不是真心要勒脖子的，然而昴卻是滿臉通紅。

（胸部，胸部！碰到了，很亂七八糟地碰到背部了啦！）

原因是莉莉亞狠狠壓上背部的乳房。

莉莉亞平時就衣著單薄，而且還不穿胸罩，所以昴可以清楚感受到胸部的柔軟觸感與彈力，還有左右兩邊的尖端處。她貼得比昴回家時還緊，觸感也因此顯得更加鮮明。

「好嘛，說你會把蔬菜拿掉，肉多放一些吧。不然的話，我就要直接勒暈你囉？臉這麼紅，已經快到極限了吧？呵呵呵，人類果然脆弱呢，真沒用。」

探頭望向徒弟漲紅的臉龐，莉莉亞嫣然一笑，吐息也因此碰上臉頰，昴變得更加興奮了。

（已經快到極限了！在另一種意義上！啊啊，為什麼這個人的氣息是如此地甜美又好聞啊!?莉莉絲太詐了！）

面對美得過火又妖豔過頭的最古老淫魔的過度肌膚之親，普通人——而且還是處男的少年要抵抗是不容易的。

「明白了，今天就不弄沙拉！我不弄了，請您放開我啦！」

昴感受到理智崩壞的危機所以連連討饒，然而莉莉亞卻不怎麼肯放開他。別說是放開，她反倒是加強自己與昴的密合度，進一步地玩弄起可憐的徒弟。這正是惡魔、淫魔甜美又危險的行徑。

（好奇怪喔，昴也差不多要十八歲了。不久前這明明是娶妻生子為人父也不足為奇的年紀，為何他沒對我做出性行為呢？）

貌美惡魔並未察覺長壽莉莉絲的「不久前」對人類而言是「很久以前」，對愛徒的反應就這樣不斷累積。

（至今培育的徒弟們不論年紀，都是打從一開始就對我很著迷的說。這就是魔族與人類，女性與男性的不同之處嗎？）

莉莉亞過去曾培育過幾名徒弟，然而所有人都是女魔族，既是男性而且還是人類的徒弟昴還是第一個。

莉莉絲生下女兒的傳承，就是源自於這些女徒弟。

（雖然我也挺長壽的，但這世上還是有很多不懂的事情，充滿了謎團呢。一大堆很神祕的事吶。）

莉莉亞橫躺在氣派的床鋪上，一邊思考昴目前的謎之反應。

（只要不是擁有特殊嗜好的人，只要是人類，就不可能不對我發情，更何況還是雄性。而且那個笨徒弟的喜好應該相對正常才是。）

遠古惡魔莉莉絲的容貌具有會反映出人類——特別是男性理想外貌的性質，因此臉龐跟身材也會因應時代背景不同而有所變化，而這就是傳承中莉莉絲的外貌各有不同的原因之一。

只不過這幾個世紀她的外表幾乎沒有變化，這就表示人類這種族對美女的定義在某種程度上已經確立了——莉莉亞如此思考。

（雖然是建立在最大公因數的意義上，但我可是體現了男人的理想。這樣的我明明每天裸露肌膚，反覆進行愛的肌膚之親，為何昴不對我出手呢？太謎了，是足以匹敵世界七大不可思議的神祕現象呢。）

莉莉亞在床鋪上煩惱地扭動著最極致的女體，細長尾巴描繪出「？」的符號。

傳承中莉莉絲誘惑了第一個人類亞當，比夏娃還早成為他的妻子，然而這並非事實。是一部分人類為了私利而曲解、捏造、利用了惡魔莉莉絲的性質，並且加以散布的謠傳。

（如果我真的像臭人類擅自亂講的那樣是具有淫魔風範的淫魔，就能輕易誘惑那個孩子了……）

唉……莉莉亞一邊嘆氣，一邊俯身將臉龐埋入枕頭。拜徒弟經常打掃所賜，枕頭總是散發出好聞的氣味。

（為何不向師父表現出這種認真態度呢，我家的笨徒弟。家事中的柴米油鹽醬醋床中的『床』，指的就是床笫之事，為何不明白呢？是我教養的方式錯了嗎？早知道會這樣，有在昴還不懂事的時候襲擊他就好了說。）

在種種層面上都弄錯的惡魔，啪噠啪噠地拍動長在背上的翅膀，尾巴啪啪啪地拍擊床單，雙腿砰砰砰地搖晃床鋪。

（明明計畫中我早就跟昴結合，跟惡魔一樣每天過著糜爛生活的說，是哪裡出錯了嗎……）

莉莉亞如此自問，但她姑且明白原因出現哪裡。換言之，昴的忍耐力在她的料想之上，事情就是這麼一回事。也有可能是因為自幼就一起生活，因此對莉莉絲的魅力產生了某種程度的耐受性。

（我有感覺到再稍微推一下就能攻陷吶，有預感身為悶聲色狼徒弟的軟弱理性就快要崩潰了。）

問題在於，就是欠缺那個臨門一腳。莉莉亞什麼都不做，他人就會表現出好感進行追求，因此她幾乎沒有主動出擊的經驗。當然，誘惑云云她也做不到，而且這個上級惡魔還是處女。

「雖然不想使用這個殺手鐧……不過既然推的不行，就只能試看看用拉的了。」

莉莉亞緩緩起身，一邊皺起形狀姣好的眉毛，一邊下定決心執行某個計畫。

4 生日將近

（是吶，我的生日差不多快到了啊。）

望向傳到手機裡的訊息後，昴想起自己的生日。那是平時昴常去的超市寄來的、只要在生日前後去購物就能打折的生日優惠券，連半點異性氣息都沒有。

（滿十八歲就表示，打從師父收養我後過了十年，而我成為徒弟也已經過了九年了嗎，真厲害吶。）

一邊在廚房做兩人份的早餐，少年這名大惡魔之徒再次感受著自己的幸運。什麼能力都沒有的人類被莉莉絲這種傳說級別的惡魔養育十年之久，這只能說是奇蹟了。

（對師父來說，這只是漫長人生中的一時興起就是了。）

昴擁有被親生父母當成活祭品獻給惡魔的經歷，因此有著總是會在心中某處做好最壞打算的個性。因為他知道如果抱持著某種期待，那遭到背叛時的打擊也會變大。這是過去那場悲劇造就的精神安全裝置。

（畢竟我不認為這種一時興起會一直持續下去，而且光是我能苟活至今也已經是不得了的奇蹟了，所以我得做好不論發生什麼事都沒關係的心理準備。）

光是以昴這個普通人可以待在莉莉亞身邊的這一點上，就已經是特例中的特例了。

「心理準備……具體而言應該做些什麼才好呢？處理好身邊的事務？寫遺書？」

昴一邊監視平底鍋裡的培根，將它煎成莉莉亞喜歡的焦脆口感，一邊思考若有萬一的準備工作。

昴之所以會以極度悲觀的方式去思考事情，除了年幼時期的心理創傷外還有其他理由。

「她正是惡魔中的惡魔，畢竟她就是神話中的存在嘛。就算有某種企圖也沒什麼好不可思議的唷。」

「淫魔的始祖，是不可能毫無盤算就收普通人當徒弟的吧？」

「本宮也同意吶，那隻老狐狸肯定在打著不正經的主意喔？」

打工處的店長跟同事，還有常客們的話語跟賊笑閃過腦海。

既然神明跟天使還有上級惡魔都異口同聲地說著同樣的意見，只是區區普通人的昴當然也會忍不住覺得「也是呢」。

莉莉亞介紹的這個職場是製造、販賣、修理魔具的店鋪，不只是人類，就連惡魔跟魔族，以及神明跟天使都會加以利用。前來這家店鋪的種族與職業，以及經歷都是五花八門各有不同，因此知識跟情報也會匯聚於此。

（大家都異口同聲說著相同的話，所以師父果然是打算利用我去做某事吧，雖然不覺得我這種貨色有利用價值就是了。考量到養育十年之久所花費的功夫，似乎沒啥利潤吶，一般來說就像收不回來的呆帳那樣……）

培根開始變熟，昴從它聯想到自己被莉莉亞吃掉的畫面。實際上莉莉亞很常對昴丟下「吃了你唷」的話語。

「是把豬養肥再吃掉的概念嗎？不過我似乎不好吃呢。」

一邊將煎得酥脆的培根移至盤內，昴一邊下意識地如此低喃。或許就惡魔的嗜好而論自己是美味的食材吧——雖然如此心想，但就昴所知，莉莉亞的味覺跟人類是一樣的。

「與其說是一樣，不如說我家的師父相當偏食呢。」

「一大早就在那邊咕噥什麼呀？而且還說了師父的壞話，真是囂張的徒弟呢。我可不介意讓今天變成你的忌日唷？」

「啊，早安，師父。真難得呢，居然自己起床了。」

這個惡魔早上爬不起來，所以只要昴不去叫醒她，她就不會離開床鋪。有舉辦某種愉快的活動時，她才會像這樣自己起床。

只不過在這類活動中幾乎不包含外出這個選項，因為基本上莉莉亞是繭居族。畢竟她可是公開宣稱自己是為了輕鬆家裡蹲才會來日本的正統派。

（今天有什麼事情嗎？像是遊戲限時活動之類的？）

昴試著回想，卻不記得自己有特別聽過些什麼。

（話說回來，這個人為何做什麼事都這麼情色呀。因為是無心之舉，所以又更加惡劣了。）

莉莉亞只在身上穿了輕薄短小的貼身衣物，而且不是有很多地方滿出來，就是透明到可以看個精光，對昴而言刺激性太強了。即使昴自幼就跟莉莉亞一同入浴或是同床共眠，可說是美麗與情色化身的莉莉絲魅力仍是厲害無比。

「昴，看看你，這是在做什麼呢？連對師父道早安都不會嗎？我可不記得把你養得這麼沒禮貌唷？」

莉莉亞不知徒弟拚命維持理智的心，展開雙臂要求早晨的親親&抱抱。豐滿的胸部光是微微一動都會大力搖晃，實在是太凶惡了。

「……早安，師父。」

昴盡可能不去看莉莉亞的女體，一邊迅速擁抱同時在滑膩臉頰上輕輕一吻，然後打算立刻放開。然而，莉莉亞卻不讓他這樣做。

「那麼，打從剛才你就在那邊露出有些為難的表情呢？豬怎樣了嗎？如果有那種想被我當成豬對待的扭曲願望，那身為師父也得做出回應才行吶。」

莉莉亞溫柔、卻牢牢地用雙臂抱住昴，聲音就在耳畔。會讓人覺得光是低喃就足以籠絡對方的蠱惑聲音，以及壓上來的巨大柔乳彈力令昴面紅耳赤。

「我、我沒有那種嗜好，請不用擔心！豬是……那個，呃……我只是覺得培根看起來很好吃而已。我立刻去準備，請師父在客廳等候！我現在就去泡咖啡！」

昴聚集被隔著貼身衣物抵住身軀的胸部，以及甜美氣息而急速削弱理性，勉強掙脫美豔惡魔那令人過分欣喜的束縛。

「明白了，我很期待將豬屍煎得金黃酥脆的肉呢。」

「請不要用這種說法……」

「呵呵，很有惡魔的風格吧？」

莉莉亞惡作劇般地微笑，看到她走向客廳後，昴再次著手準備早餐。

「如你所願，我會驅使惡魔般的計策，好好地把你吃掉唷，昴。只不過是在性方面就是了。」

師父在背後露出妖異的溼潤眼瞳，一邊吐出這種臺詞。然而，聲音被磨咖啡豆的聲音抵銷，並未傳入昴的耳中。

接著在二十分鐘後，昴在早餐現場收到莉莉亞的宣告，而且態度輕鬆簡直像在說「今天天氣不錯呢」似的。

「你截至目前為止的人生只剩下一點點就沒了，結束了喔，昴。我會好好地終結掉的。別想著逃跑唷，因為那是沒用的。如果做出這種行徑，就算是魔界盡頭我也會追上去抓住你的。」

「……欸？」

「我不會說第二次，意思就是田中昴會從這個世界消失喔。心靈跟身體，還有身邊之事都去做好準備吧，昴。」

是因為做好這種日子總有一天會到來的覺悟嗎，昴因此託福受到的打擊並沒有那麼大。至少可以控制在不被周遭之人起疑的等級，他自己是這樣想的。

（從世上消失，嗎？既然叫我身心做好準備，果然是被吃掉的那一類？不，是活祭品那類吧？師父肯吃掉我那是正如所願，不過太痛的話果然還是會怕呢。）

對疼痛的恐懼是有的，與莉莉亞分別的寂寞感也很強烈。然而，並未湧現憤怒或是不滿，昴對此感到安心。因為他認為如果能不怨恨最喜歡的莉莉亞就這樣死去的話，那這一生也就值得了，就算那是不滿二十年的人生也一樣。

當然，他也有一定程度的動搖。雖然有，卻沒感到恐慌。因為他相信不論事情怎麼演變，如果是莉莉亞的話就不會如此殘酷地炮製自己，會溫柔地結束自己的人生。如果是這種程度的話，他對兩人一同度過的時光有自信。

如果把這個心境告訴莉莉亞的話，她會說「那個不叫做自信喔，笨蛋徒弟」，然而現在的昴卻無從得知。

「物品打理成這樣就行了，文件類的應該也沒問題才對。雖然沒辦法直接跟朋友道別，不過那邊就用信件請求原諒吧。」

距離宣告執行日時間所剩無幾也是一幸，因為昴忙著處理身邊事務，根本無暇煩惱。如果不巧地有了空檔，就很有可能會胡思亂想。

另外，莉莉亞的模樣也明顯變得不對勁，而這也導致了昴心靈上的平靜，因為這證明自己的存在在莉莉亞心中就是占了這麼大的分量，甚至大到會因為失去昴而感到狼狽的地步。

（一定是發生了必須把我處分、抹殺、消滅掉才行的事情。）

自己消失的這件事會讓莉莉亞失去平常心，令昴大感安慰。既是救贖，同是也是希望。

昴將這種情感與念想盡可能地寫進遺書。同時，寫信時也投注了對朋友與關照過自己的熟人的感謝之意。

（話說回來，師父看起來也太動搖了……）

昴停下筆，回想莉莉亞這幾天的模樣後發出輕笑。

她明明卯起來凝視昴，但自己主動將視線移過去後她又會立刻轉開眼睛。

本來以為親密接觸的程度會更濃密，卻反而變得冷淡。

自言自語變多，突然一個人在那邊賊笑，又是苦悶地扭動身軀（昴相信她是在反芻自己與徒弟的回憶）。

「啊，打工的時間到了，我得走了。」

明天就是生日，所以能去打工的日子今天就是最後一次了。必須不著痕跡地向職場的人們進行最後的道別，還有對至今為止的照顧表示感激才行——昴一邊這樣想，一邊急忙地出門。

昴請了五天假處理身邊事宜，因此有五天沒在工作地點「踏鞴」露面。平時他幾乎每天都會工作，所以感覺起來過了好久。

（總覺得……好怪吶。為何大家都盯著我看，還露出賊笑呢？）

昴覺得店長跟同事還有認識的常客都莫名地在看自己這邊。

（連理由都沒說就突然表示要辭掉工讀，所以做好了或許會被罵的覺悟說。這種奇妙的氛圍是怎樣呀……）

昴試圖若無其事地對關照自己的人表達感謝，然而現場卻不肯醞釀出這種氛氛。

在這種狀況下，在下巴留著長鬍子的店長——金山拿著平板電腦走向昴身邊。他是一名樣貌看上去正是工匠無誤的壯年男性，但實際上卻是日本自古以來就存在的神明。

「這星期的已經滿了就算了，不過下星期又會變忙碌，如果可以的話，我希望昴同學也可以加進輪班表裡面呢。」

「啥？呃，我，那個，今天是打工的……」

「啊啊，是的，是這樣的呢。事情是這麼一回事吶……然後啊，這次好像有稍微大規模的惡魔驅逐作戰唷，像是訂購大量要用在上面的道具啦，還有武器防具的保養委託都一起上門了，所以人手不足呢。」

擁有的技術力在業界屈指可數的金山無視昴的話語，淡淡地如此說道。

「哇啊，訂單數量真的好猛喔……」

昴用金山遞過來的平板電腦進行確認，進來的訂單量高達平常的數倍之多。看到輪班表裡面密密麻麻地排列著昴以外的員工名字後，昴感到這下子自己這個打工仔也得出勤才行。雖然這樣覺得，但這是沒得商量的事。

（因為到時候我已經消失了……）

「是吧是吧，所以呀，這星期要請假是沒關係，可以的話，下星期四前後你能過來就幫大忙了。」

「是呢……呃，那個，我有說過自己要辭掉工讀的吧!?店長也說過『明白了』是吧!?」

「我懂的我懂的。沒問題，店裡的人都曉得所以你就放心吧……那麼，我想請昴同學做的事情就是加工簡易結界要用的魔石。」

「您真的明白嗎!?」

「當然，明白到明白過頭的地步唷。我也有好好地向你師父確認過。」

（確認？啊，意思是我還未成年，所以要向師父這個監護人確認我要辭掉工讀的事情嗎？）

「嗯……那麼輪班表就等你那邊的事情告一段落後再處理吧。接下來昴同學也會很辛苦呢。」

（因為要死了，所以辛苦嗎？）

自己消失會對關照過自己的店內眾人帶來麻煩，令昴感到愧疚。

「店長店長，那些事下次再講就行了啦，要先把那個交給昴才行。」

加入話題的人是昴的直屬上司，是從頭開始教會昴工作的能幹工匠卡達麗娜。浮在頭頂的光環表示著她是天使的事實，背上的翅膀在作業中會礙事所以收了起來。相較之下，光環則是因為能照亮手邊很方便這個理由而一直放在外面。

（我也受到卡達麗娜小姐不少的照顧，所以想若無其事地向她道謝吶……不過看樣子似乎有點難呢。）

一想到今天就要跟健談又喜歡照顧人的天使說再見，胸口就傳來一陣刺痛。

「啊啊，是呢……昴同學，這是我們要送你的禮物。以莉莉亞為對象雖然辛苦……那個，請加油。」

「喔……感激不盡。」

是要對辭掉工讀的自己餞別嗎？昴一邊這樣想，一邊把紙袋接了過來。

紙袋比外觀看起來還要沉重。

內容物是能量飲料。

5 求婚

第十八次生日的晚上，昴在胸口懷抱種種思緒，造訪了莉莉亞的房間。

「請你今天晚上來我的房間，在那之前可以自由行動喔。請好好享受身為田中昴的最後一天。」

早上莉莉亞如此告知，但昴還是很普通地去上學，不著痕跡地向朋友們道別，帶著寄物櫃跟書桌裡的東西回家。接著他又最後一次收拾自己的房間，轉眼間就晚上了。

（因為我去了超市，又將師父明天的早餐先做起來擺好，所以這也沒辦法吧。雖然我也沒想到其他想做的事就是了。）

手上拿著印有超市商標的塑膠袋，來到莉莉亞的房間後——

「師父，我是昴。要進來囉。」

敲門後，昴打開門。

「嗯，你來了呢。」

「……唔！」

看到站立在昏暗房間中央，身穿漆黑禮服的莉莉亞，昴屏住呼吸。那不是害怕，純粹是被自己師父的美麗奪去了目光與心神。

「？……那副表情是怎樣？覺、覺得不合適的話就直說如何？」

「不、不是的，非常適合，很美！呃，師父平常也很漂亮就是了！」

「是、是嗎？我美麗是天經地義的事，不過被你這樣說感覺不賴呢。」

貌美惡魔露出暗爽表情撩起金色長髮。

「不愧是師父，居然連喪服都能完美駕馭！」

「喪……!?」

然而聽到徒弟這番話語後，她的表情頓時一僵。是幸抑或是不幸呢，從昴的位置這邊，莉莉亞的臉龐會被金髮遮住而看不見。

「你……你這個垃圾徒弟……！」

「垃、垃圾……!?」

莉莉亞從以前就很常叫昴「笨蛋徒弟」，但現在這種形式卻還是頭一遭，而且辛辣語調還有氛圍明顯與平時不同。昴有些受到震懾，一邊進入房間。或許對方會溫柔地殺掉自己的期待急速萎縮。

「那個，師父，我想先提出一個心願，可以嗎？」

「…………」

莉莉亞用力動了動下巴，意思是接著說下去。就連這種狂妄自大的態度都美到令人看得入神，昴再次心想能被這個惡魔殺死正是得償所願。只不過，他還是有一點怕痛。

「如果下手能夠快狠準，那就幫大忙了。」

「是、是呢，畢竟不一口氣貫穿只會延長痛楚嘛。我明白了，我會盡可能下手快一點的，感謝溫柔的我吧。」

「好的，感激不盡。因為我果然還是怕痛。」

最擔心的一點已經排除，昴鬆了一口氣。

（太好了，似乎不會被慢慢地玩弄至死呢……所謂的貫穿，感覺像是噗滋一聲朝心臟來一下嗎？還是頭部？是哪一邊呀？）

「為什麼昴會害怕啊，會痛的是我這邊吧？」

「欸？……呃……嗯嗯，是的，沒錯呢，對不起。」

（是嗎，師父殺我時果然心裡不平靜。太好了，果然是有某種內情。）

知道敬愛的師父對自己下手會感到心痛後，連另一個煩惱也消除了。再來唯一在意的就只有自己死後的事。

「師父，這個是我剛才買回來的，請用它吧。」

昴將先前在超市購買的袋子遞了過去。

「……塑膠墊？打算用這個幹麼？」

「一口氣貫穿的話，妳看嘛，血會很猛的不是嗎？雖然我覺得也要看地方就是了。」

如果是頭的話，除了血以外也會飛散出大腦之類的東西——光是活靈活現地想像就已經夠難受了，因此昴說不出口。

「為、為何認定會流血呢!?雖然我的確……那個，是第一次，就是了！」

「第一次？」

昴記得小時候莉莉亞常講的往事裡，腥風血雨的故事也不少，所以他不解地微微歪頭。

（啊，該不會是指殺人類是第一次吧？）

「……什麼嘛，露出那種不可思議的表情。你也跟其他人類一樣，是用那種眼光看我的嗎？」

莉莉亞朝這邊瞪視。昴明白她動了真怒，因此連忙搖頭辯解。

「不是的不是的，只是鬆了一口氣。」

「嚯，鬆了一口氣嗎？嚯，嚯，你也有獨占欲這種情感嘛……我有點放心了。」

莉莉亞立刻停止瞪視昂，嗯嗯嗯滿足地點頭。

「………？」

雖然覺得有點雞同鴨講，但莉莉亞偶爾會在昂無法理解的時機上情緒激昂，因此這裡他刻意決定不繼續深究。

「言歸正傳，關於塑膠墊……要快狠準殺掉的話，一般而言目標果然還是心臟或頭部，再來就是，腹部囉？雖然也要看手法，但我想血花啦腦漿啦還有內臟跟肉片是會朝四處飛濺的。」

「………？」

一襲黑色禮服打扮的金髮美麗惡魔面帶困惑地歪歪頭，那是一同生活十年的昂也鮮少見到的罕見表情。

（咦？師父該不會滿腦子都只有殺我這件事，而沒考慮到善後嗎？……嗯，這個人是有可能這樣。）

重要的師父被自己所累而被警察抓走大大不妙——昂慌張了起來。人類屍體這種程度的東西雖然可以輕鬆燒掉，但莉莉亞不擅長控制魔力，一個弄不好就會變成火災。

（對師父這個繭居族來說，這個家也就是最終頭目的城堡，是地下城的最深處。如果因為身為徒弟的我而有所差池，那我就萬死難辭其咎了……！）

雖然確信身為惡魔徒弟死後會下地獄而不是上天堂，昴卻真心感到焦急，擔心照這樣下去，自己可能會因為不安而變成地縛靈。

「首先，殺我時請好好地鋪上這塊塑膠墊。」

「欸，不要啦。什麼啊那種瘋狂的玩法……你是從哪邊學到這種性癖好的？」

莉莉亞露出極厭惡的表情倒退一步。

「還有，屍體請盡快處理掉唷，如果腐爛的話可就糟糕了。如果能好好控制火力的話，用魔力燒掉更加安全而且確實。或者說，可以拜託烏拉找個地方埋掉。」

「一開始就要玩多P嗎!?而且雖然是使魔，不過居然要加上貓頭鷹嗎!?不，烏拉確實是母的……但就算是淫魔莉莉絲的徒弟，做到這個地步也……」

莉莉亞浮現未曾見過的苦惱表情。

「師父？莉莉亞大人？您怎麼了？」

「我不太懂你在說什麼呢，覺得有點害怕。」

「害怕……？」

「哎，哎呀，算了。我們彼此之間似乎有所誤會，不過這些事之後再說囉。先在這邊簽名吧，昴。」

如此說道後，莉莉亞遞來一張文件。由於房間昏暗，無法一眼明白上面寫了些什麼。

「是契約書嗎？」

「以某種意義而論會是這樣呢……什麼嘛，有怨言嗎？有怨言想說我就當場將你大卸八塊，用這個心態給我記住了。」

「反正我的命運都是被殺死，所以也覺得沒差就是了……啊，不過大卸八塊好像很痛，我好怕呢。」

「這是你完全是我的所有物的證明，是身心都要獻給我莉莉絲大人的契約唷。簽下名字的瞬間，田中昴就會可喜可賀地永遠從這世上消失喔……做好覺悟了吧？我可是自認為給了你足夠的緩衝時間喔。就算還沒做好覺悟，我也要讓你簽名就是了！」

莉莉亞不知為何有如連珠炮般劈里啪啦地講完後，用力朝這邊遞出原子筆。意思似乎是用這個簽名。

「好的，至今為止受您照顧了。感謝您至今為止的養育，我的人生就只是被用來當活祭品而已，將這樣的人生賜予其意義，我真的很幸福，真是感激不盡。」

接下原子筆後，昴對既是師父也是家長代理的大惡魔深深鞠躬。

（在這上面簽名的瞬間，我就會喪命嗎？畢竟我聽過會奪走靈魂的契約書……咦？那剛才那個一口氣貫穿是什麼意思？）

感到莉莉亞跟自己之間在理解上有著重大齟齬的那個瞬間，昴看見了。他看到了。看到應該要奪走自身性命的契約書上寫著「結婚申請書」。

「…………咦？」

「呵呵，看樣子確實地做好覺悟了呢。這個問候不錯唷……好了，快點簽名吧，人渣徒弟。該不會要說不想入贅吧？就算講也沒用就是了。」

正如師父所言，這的確是只要簽下去、昴就會變成莉莉亞夫婿的文章格式。

「那個……師父？就我來看，這只是普通的結婚申請書耶……」

「結婚申請書沒什麼普不普通的吧。我可是擁有戶籍的，所以應該沒問題才對喔……你打從剛才就怪怪的呢，昴。」

「……不是要殺掉我嗎……？」

「啥啊!?為何我有必要殺掉辛辛苦苦栽培出來的廢物笨蛋徒弟呀!?明明總算要從笨蛋徒弟轉職成愛徒的說！」

「因、因為師父又是說抹殺，又是說要消滅我……」

姻届

「是會消滅的吧，田中昴！在戶籍上！只要成為我的——入家莉莉亞的夫婿，你就會變成入家昴喔，明白嗎!?」

莉莉亞朝這邊逼近，因此昴在近距離看到了師父的臉龐。他也明白雪白肌膚之所以通紅，並不全是因為憤怒使然。

「那、那套衣服該不會也不是喪服……而是新娘禮服吧!?」

「什……意思是你現在才發現……!?你你你……你這個……大笨蛋徒弟啊啊啊啊啊啊!!」

「咕噗喔!!」

身穿黑色新娘衣裳的美麗惡魔以渾身之力使出的身體重擊有著駭人破壞力，甚至到了讓人擔心鮮血內臟肉片之類的東西會四處飛濺的地步。

6 與惡魔的洞房花燭夜

（雖然早就知道他很遲鈍，不過居然到了這種無藥可救的地步嗎……！我，我這身為惡魔始祖莉莉絲的莉莉亞大人居然被一個人類如此愚弄，大意……大意了！）

有幾百年沒品嘗到這般恥辱了呢——莉莉亞一邊如此發火，一邊抓住身體彎成く字形痛苦地扭動的昴的衣領，將他拖向床鋪。從腰部長出的細長尾巴發出低沉的咻咻聲響，這就是她心情惡劣的證據。

「嘿！」

她單手將男高中生輕輕扔向床鋪。

「嗚啊！」

「才挨了記大大手下留情的拳頭，是要呻吟到何時啊，真可悲。軟弱的人類就是這樣才讓人頭痛吶。」

「嗚嗚嗚。」

「……欸笨蛋徒弟，你有在聽嗎？」

「嗚——嗚——」

看到昴仍然捧腹呻吟，莉莉亞臉色一暗。看到從幼時就一直看著的少年額頭浮現冷汗，臉上露出痛苦表情的模樣後，就算是莉莉亞也察覺到自己做得過火了。雖然她有好好地抑制力量，但看樣子似乎是命中心窩了。

「對、對不起啦……欸，我說昴啊！」

昴也想勉強打起精神回應莉莉亞，但痛楚與呼吸困難卻讓他無法好好說話。

（這算什麼嘛！明明是難得的洞房花燭夜說！明明是我漫長人生中第一次的、值得紀念的夜晚的說！身穿新娘禮服的新娘就在身邊，新郎卻蹲在床上是啥狀況啊!?）

只要對某事不爽發火，莉莉亞就會先拿昴出氣，原因是否出在昴身上只是次要之事。因為莉莉亞明白這個人類徒弟會好好地承受她那不合理的歇斯底里。換言之，她這是在撒嬌。

然而，如今的昴卻連聲音都無法好好發出，而且犯人就是莉莉亞。

「真是的……啥氣氛都沒了……！」

莉莉亞將自己的食指含入口中，發出滋嚕滋嚕的淫猥聲音開始舔拭，灌注魔力的唾液沾滿手指。接著，她將手指送至昴嘴邊。

「來，快舔吧，可以止痛。」

與天使不同，身為惡魔的莉莉亞並不擅長回復系的能力。得漫長人生所賜，她在這種情況下創造出將強大自癒能力注入體液，再讓別人攝取藉此回復的手法。

這個技巧救了莉莉亞無數次，因為她當時收為徒弟的昴還只是個小孩子，而人類小孩是會立刻生病或是受傷的生物。

只不過，昴長大後莉莉亞就不曾做過此舉了。這都多虧了昴健康地長大成人，沒得到會危及生命的疾病或是傷勢的福。

「……啊呣，啾……啾……」

昴毫不遲疑地將莉莉亞的手指含進嘴裡，或者說師父的拳頭就是強烈到讓他沒時間猶豫的地步。

「嗯……！」

（別、別發出怪聲啊，你這個好色徒弟！……這孩子從小就很常發燒，所以我很常讓他像這樣吸魔力呢。）

看著愛徒吸吮手指的臉龐，莉莉亞懷念起從前。只不過對長壽的大惡魔來說，那些日子也並不那麼遙遠。畢竟她打從紀元前就已存在了。

（嗯，討厭……這個，或許不錯。被昴舔感覺或許很舒服……）

「呼啊啊……感謝師父。託您的福，疼痛感已經消退了。」

舔完唾液後，昴露出鬆一口氣的表情。是莉莉亞直接造成劇烈痛楚的原因，因此被這樣道謝讓她感到內疚。

（不，畢竟說起來錯的人是昴嘛！我這個大惡魔莉莉絲都要娶你當夫婿了，但你卻偏偏以為自己會被我殺掉，真是難以置信！要在哪邊怎麼解釋才會變成這樣啊，真是的！呆瓜徒弟！）

莉莉亞有自覺自己平常就會用殺伐意味濃厚的口吻說話。特別是這幾年，或許是她意識到自己想讓昴當夫婿之故，為了掩飾害羞這種傾向變強了。雖然或許是這樣沒錯，但她對將戲言當真的昴仍是餘怒未消。

「……師、師父？」

痛楚消退後，昴想起現在的狀況，困惑地看著這邊。

（為何露出這副蠢樣啊。既然明白我要跟你結婚，就做出更開心的表情啊。我是知道的喔，你對我發情了。這是當然的囉，跟莉莉絲一起生活，被莉莉絲示好卻毫無反應是絕對不可能的事，而且也絕對不能允許。）

當初的計畫完全崩潰了。雖然也是可以採取重整旗鼓的手段，不過如此一來連新娘禮服都準備好的自己實在是太可悲了。不論是身為大惡魔，身為師父，或是身為一個女人，她的自尊心都無法允許。

簡潔地說，莉莉絲現在發大火了。

（我確實沒說過要結婚。雖然沒說，不過一般而言是會明白的吧？都刻意連名帶姓地說田中昴會消失了，就是指變成夫婿後姓氏會改變的說！就算不明白也給我察覺到啊！為何不理解師父的真心話呢，這個笨蛋徒弟!!）

無法客觀看待自己平時的言行舉止，也沒辦法變坦率的惡魔，正使盡全力地把責任推到昴身上。長壽就表示會從各種經驗中學習變得有智慧，另一方面卻也同時存在著缺點會變得難搞的可能性。

「那個……關於剛才那件事……」

昴一邊對莉莉亞的憤怒與焦躁有些膽怯，一邊小心翼翼地開口。

「我真的要跟師父結──」

「什、什麼，還會痛嗎？真、真是沒轍呢。人類真的好軟弱，令人困擾吶。就用這個忍耐一下吧，啾！」

莉莉亞無法承受徒弟投射而來的期待目光，在這邊做出了不得了的舉動。也就是說，她對昴做了深吻。以千年為單位存活至今的惡魔，就是心神大亂到這般地步。

（呃，我，我做了啥!?雖然接吻過的次數根本數不清，但今天可是洞房花燭夜唷，夫婦間值得紀念的第一次接吻，偏偏是在這種時機下很奇怪吧啊啊啊啊!?）

雖然陷入恐慌，莉莉亞仍不忘扭動舌頭。

「唔，嗯咕……嗯嗯嗯!?」

（啊，喂，為何試圖逃走呀！我可是初次對男人做出認真的成人之吻唷，給我感恩戴德地品嘗吧！）

莉莉亞一邊纏上嫩舌，一邊將徒弟的雙腕壓到床上。維持住令人感受到絕不讓你逃走這般決心的坐山姿勢後，莉莉亞再次在昴的口腔內注入唾液。與先前不同，她並未灌注用來止痛的魔力，因為已經沒那個必要了。

（來吧，你也動動舌頭。回應我的、新娘的吻吧，你這個廢柴徒弟……不對，是愛徒……！）

莉莉亞將愛情與不滿灌入其中取代魔力，用力地伸出舌頭煽動消極的徒弟。胸部也順便壓了上去，同時刺激年輕雄性的欲望。

是這些舉動成功奏效嗎，昴緩緩動起舌頭。炙熱黏膜之間每次互觸，甜美的麻痺感都會從角流竄至尾巴。

「嗯，嗯……呼嗯，唔呼……嗯嗯……啾咕，啾，噗啾……」

莉莉亞從接吻中得到的悅樂既甜美又深沉。她可以確定正是因為對象是昴，才會有這種舌頭跟心臟還有靈魂都像是要融化般的吻。

（初始惡魔莉莉絲居然對不成材的徒弟認真起來，令人有些氣惱呢……雖然喜悅要大上更多更多就是了。）

莉莉亞很不甘心，因此在接吻的最後略微用力地咬嚙了昴的嘴唇。這是活得比徒弟還要長命百倍以上的遠古惡魔最低限度的發洩。

「唔唔……!?」

「呵呵呵，只是被輕咬一下也太誇張了吧。如此脆弱的生物虧你們能在地面上繁衍成這樣吶……怎、怎樣了？」

被壓在下面的昴，就這樣目不轉睛地仰望莉莉亞。之所以面紅耳赤，是初次進行的濃密深吻害的吧。如果已經跟自己以外的人體驗過，那自己就要找出那個對象，再從世上將對方抹殺掉——莉莉亞如此心想。

「不，那個……只是覺得師父是不是真的。」

「這是什麼意思？」

「呃，我是在想該不會是有人假扮成師父。」

「既然如此，假扮成我的人也挺辛苦的呢。畢竟得化身為世上最美麗的存在才行。」

「是的，我也這樣想。因為這世上沒人比師父更美麗嘛。」

「噗咳，咳咳，咳咳！」

對手朝名為玩笑話的刺拳全力揮出後手直拳，挨上這記反擊令惡魔當場嗆到。

「你、你一臉認真地說了啥啊。」

「欸？但這是真的啊。比身為莉莉絲的師父更美的人是不存在的吧？就算是天使或是神明，都沒人比師父還漂亮。」

「…………」

為何自己的師父會感到困惑呢，徒弟露出完全無法理解的表情。莉莉亞目不轉睛地俯視他這樣的臉龐。

（或許昂的養育方式出錯了……我該不會親手造就了危險至極的傢伙吧。）

不過說到底這只是基於莉莉亞精神穩定的意義而論就是了。

「師父該不會是在害羞吧？為什麼呢？師父身為莉莉絲，應該被讚揚美麗數百、數千年了才對呀？」

「你要讓我說出這種話嗎？」

莉莉亞因為過分美麗，甚至被冤枉她誘惑了亞當跟撒旦，所以她當然如同昂所言，一直沐浴在數不清的讚美之中。被惡魔、神明、天使、魔族，還有人類讚美，追求、求愛。

然後，其結果就是她習慣了。莉莉亞以為光是被誇獎外貌自己已經不會感到半點欣喜，因此她自己也感到吃驚。

（我可是被初次迷戀上的男人說美麗唷，會開心感激害羞有什麼好奇怪的，這點小事給我察覺到啊！啊，可是不行，這樣羞死人了所以不可以察覺到！）

是幸抑或是不幸，被她推倒的少年察覺到了。

「因為是我嗎？因為誇獎的人是我，所以師父害羞了？」

「為何只在這個節骨眼上變得很機靈啊，平常明明是又遲鈍又愚笨的木頭人，為何在這個時候變得很機靈呢？是想死嗎？你果然想被我抹殺掉吧？既然如此，我現在就實現你的心願吧？來替你實現願望吧？」

為了掩飾害羞，莉莉亞有如連珠炮般說道。

「如果是剛才的話，我會覺得被師父殺掉也不賴，但我現在已經不要了。我不想死，因為我知道師父也對我……呃，對我不感到憎惡。」

「別、別選擇這麼差勁的講法，直……直說我喜歡你就好了吧。區區廢柴徒弟就不要瞎操心，這樣反而讓我焦躁喔。」

莉莉亞也明白說出「喜歡」這個字彙的瞬間，自己的體溫上升了。她很擔心這股熱度也會透過緊緊握住的手腕傳到昴那邊。

「…………嗯？『也』？」

察覺到昴先前那番臺詞中的違和感後，大惡魔的體溫又上升了。

「該不會，昴也，喜歡我嗎？」

「師父為何露出這麼吃驚的表情雖然很謎，不過沒有男人不會被師父吸引吧。從小就一直待在身邊的我，是不可能不迷戀上您的。應該說，打從初次見面我就很喜歡您了……呃，好痛!?」

莉莉亞因為過於驚喜，握住腕部的手使上了力。她纖細的手指緊緊地嵌入昴的手腕。

「你也迷戀著我嗎!?騙人的，你完全沒露出這種樣子唷！當然我曉得你有在發情就是了。」

「因為我隱藏起來了啊。畢竟我害怕自己對師父有這種非分之想一旦被發現，不是被逐出師門就是會被趕出家裡，又或許真的會被殺掉！啊，好痛好痛好痛！」

又驚又喜再加上氣憤，莉莉亞讓手指更加深入地嵌進昴的手腕。

（這算啥呀！為何做這種沒必要的努力啊這個呆徒弟！喜歡的話就喜歡，給我擺出更好懂的態度吶！照著自身欲望直接把我推倒不就好了嗎！）

莉莉亞有信心自己以師父的身分被仰慕著，也曉得自己被看成情欲的對象。至於是否有被當成一個女人愛慕著，她就無從得知了。

就算是初始淫魔莉莉絲，在毫無經驗這點上面跟昴的戀愛等級是一樣的。

「師、師父，會痛的，真的很痛啦！」

「給我住口，我的心痛跟怒火可不是這種程度的東西……明明是惡魔之徒的說，是怎樣，想走上正正當當的人生道路嗎？非分之想，很好不是嗎？這樣才有我這個大惡魔莉莉絲之徒的風範唷。」

莉莉亞把手放鬆後，昴露出略微心安的表情。然而，她並未放手腕自由。

「不過……呵呵，如果剛才的話語是事實，那或許昴的確適合當我的徒弟呢。畢竟明明只是小孩，卻在見到的第一眼就對我發情了呢。」

「不是發情，是一見鍾情！」

「對惡魔來說都一樣啦。畢竟戀愛情感這玩意兒，說到底就是肉欲般的東西嘛。」

「……師父也是如此嗎？對我的情感也跟肉欲是一樣的？」

「別把我的戀心跟肉欲相提並論，你這人渣徒弟。」

「欸欸欸——!?」

師父足以稱之為華麗的翻臉不認人令昴大喊。

「肉欲嘛，是有的喔。這是理所當然的吧？畢竟我是淫魔莉莉絲，是被稱為夢魔跟男淫魔始祖的惡魔。不過你認為我會只因為這樣就迎娶夫婿嗎？機靈點吧……笨蛋。啊姆！」

莉莉亞一邊說一邊害羞起來，為了蒙混過去而輕輕咬了昴的鼻子。

「我這種人是哪裡好了？如果是師父的話，世上的男人要挑誰都行的說。為何偏偏會是我呢，就算不是我也……」

是覺得能從莉莉亞口中套出某種甜言蜜語嗎，昂用帶有期待的視線望向這邊。

「這種事我哪知道啊。把你養大的過程中，不知不覺就這樣了。或許只是因為我是惡魔，所以無法分別保護欲跟戀愛情感罷了喔。」

這邊莉莉亞稍微說了謊。

因一時興起，或者說順勢而為而收養昂的當時，莉莉亞並不打算將他留在自己身邊這麼久。等昂冷靜下來後，應該能再找其他地方寄養才對。

（明明覺得左一句師父右一句師父地叫著，而且又很親近我的昂很可愛的說，回過神時卻好好地長成了一個男人，而且我也在不知不覺間用這種態度看待昂，這種話怎麼可能說得出口呢！）

對昂的保護欲跟情感無疑變成了戀愛情感，然而無法區分它們明顯是謊言。對身為徒弟與身為男人的昂所抱持的情感，分別獨立地共存於莉莉亞心中。

（沒辦法，誰教我至今為止都沒跟男人一同生活這麼久，所以沒有抵抗力嘛。就像銘印效應一樣。）

自己被昂吸引的理由莉莉亞已經分析完了。而且她曉得既然已經喜歡上對方，那原因跟事發經過還有理論都是毫無意義。她用自身體會到所謂的戀愛不是用腦袋，而是用心去體會的。

（嗯，昴的表情看起來有點不滿呢。不過，我不會繼續透露下去。我今天已經吃虧了不少，所以這是報復喔。如果好好完成身為我夫婿、身為良人的職責，那到時候要告訴你也行的。）

（啊，師父好像在說謊。尾巴在那邊捲來捲去的。）

一起生活了十年的昴，知道莉莉亞說謊時會出現在習慣。莉莉亞的情感很容易表現在尾巴上。只不過那是只有昴才能讀取到、真的很細微的動作。

明明對這類事情很敏感，在重要的大事上卻很遲鈍，就是這次騷動的原因。

（師父……師父居然喜歡我，開心到理由啦來龍去脈什麼的都覺得無所謂了。像是騙人似的，就像在作夢。不過，這個是，現實……）

左右手腕的悶痛告知這個狀況並非幻覺，美麗惡魔壓在自己身上的重量令他感到幸福。

「那個，師父。」

「什麼事，人渣徒弟。」

「喜歡您，最喜歡您了，請跟我結婚。」

「噗呼！」

莉莉亞噴出的口水灑落在昴臉上。當然，這只能說是獎賞。

「請您務必將田中昴從世上抹殺掉。」

「……呵呵，區區人類竟然向大惡魔莉莉絲求婚，值得嘉許呢。不過，這種連神都不畏懼的愚行很有惡魔風範，我並不討厭囉……可以唷，我就如你所願殺掉吧。」

莉莉亞咻咻咻激烈地左右揮動尾巴，一邊撿起掉落在床邊的結婚申請書。至此，昴的雙手總算自由了。

「在這張靈魂契約書上簽名吧。從那個瞬間起，可憐又弱小的人類田中昴就會喪命，身為莉莉絲最初也是最後一個伴侶的入家昴就會誕生於世喔。」

用還是有些麻痺的手接過結婚申請書後，實際感受與感動再次湧上心頭。

（我跟師父成為夫婦……！）

「喂，你打算逃去哪裡啊。」

昴打算走回自己的房間，莉莉亞的手溫柔、卻牢牢地勒住他的脖子。

「不，我打算去拿印鑑。」

「不行喔，直到我說可以為止，昴都禁止離開這張床。這是師父的命令，是絕對的喔。」

「欸欸!?那、那上廁所要怎麼辦？」

「廁所……哎，那就沒辦法了。不過，我會跟你一起去的。」

「這樣很丟臉的啦！」

「呵，丟臉？不久前都還在尿床的人會丟臉？」

「拿、拿那種往事出來太詐了！」

「給我閉嘴……蜜月本來是為了造小孩的時期喔？哎，我想暫時享受難能可貴的新婚生活，所以懷孕這件事延一延也行，不過把新娘扔在床上不管我可不准。」

十八歲的處男完全被陸續跳出的刺激性字彙震懾住了。

「不，呃，可是，不蓋章的話就不是新婚……」

此時，昴發現莉莉亞的瞳孔大開。長尾巴比先前更激烈地左右搖擺，發出鞭子般的咻咻聲響。這是莉莉亞興奮時會做出來的表現。

「這可是跟莉莉絲結婚的契約書唷？用那些印章我可不允許呢……是吶，蓋血指印如何？很有惡魔風範吧？」

如此說道後，莉莉亞抓住昴的左手，把牙齒咬上無名指。一陣刺痛掠過，赤紅物體噗滋噗滋地滲出手指。

「來，用這個蓋章。」

「好、好的。」

昴用右手拇指擦拭自己的血，然後在結婚申請書上面蓋章。如此一來就真的跟莉莉亞結婚了，這種喜悅之情充斥胸膛。

「……痛嗎？」

「只有一點點……不如說被師父咬手指讓我胸口小鹿亂撞。」

「你啊，是變態呢……傷口我還不會替你治好，忍耐吧。」

能用魔力治好傷口的莉莉亞是初次說出這種話語。痛楚雖然無關緊要，昴卻在意起這樣做的理由。

「因為……很不公平吧？接下來只有我會吃苦頭嘛。」

莉莉亞小心地將蓋上血指印的結婚申請書收好，一邊小聲地說道。理解那副嬌羞表情與語意的瞬間，昴感到欲望高漲。

「……嚯？昴，這是命令，把衣服脫掉，穿在身上的東西都脫掉。」

莉莉亞又浮現惡魔般的笑容，這是她察覺昴正猛烈勃起才發出的壞心眼指令。

然而，昴卻無法違抗莉莉亞。畢竟他是那種誤以為對方要自己去死，就真的打算今天結束掉人生的人。

（不過，這邊也需要不同於去死的另一種覺悟呢……！）

黑衣新娘坐在床上，就這樣掛著賊笑眺望昴的脫衣秀。看樣子她似乎想對遲鈍的徒弟還以顏色，昴也很清楚這個惡魔執念頗深。

「看看你，還剩下內褲呢？我是說全部吧？全・部・喔。」

昴用手遮住高高隆起的股間，覺得再也逃不掉後，他死心地將內褲一口氣脫下。在那之後，被手跟內褲抑制住的年輕雄竿猛然彈起。

「撿到你時尺寸還只有小指指尖大小，卻確實地成為雄性了呢，人類真的成長的很快吶。不過……皮有多出一點點呢。」

「嗚啊！」

昴對假性包莖感到自卑，尷尬地漲紅臉龐。

「哎呀，你在意嗎？沒事的，因為我不介意……對了對了，收養你後就立刻有一個天使熟人向我提過喔，說是要不要進行割禮這樣。畢竟莉莉絲會盯上正在進行割禮的男孩子，人類世界裡還殘留著這種謠傳嘛。唉——」

「果、果然後悔當時沒那樣做嗎……？」

雖然明白莉莉亞是對錯誤百出的傳承嘆氣，多愁善感的青春期少年仍是忍不住問出口。

「我剛才說過自己不在意吧？雞雞這玩意兒只要能硬到可以插入就夠了。而且，聽說平常被皮保護著會比較敏感，做愛時也會很歡愉喔。雖然我並沒有這個打算，但就結果而論那個判斷不錯呢，我不愧是淫魔吶。」

呵呵呵——妖豔地微笑後，莉莉亞用力探出身軀凝視昂的股間。

「請、請不要死盯著看。很近，太近了啦！」

「閉嘴，接下來就要奪走我千年級別的純潔了，別因為這種小事就大驚小怪。而且不久前我們還會一起洗澡的吧？」

「以師父的時間尺度來看或許如此，但對我而言是已經很久以前了！」

「是徒弟的話，就努力配合師父的感覺吧……看樣子你似乎是真心想要侵犯我呢，你的雞雞非常有活力唷。而且也好好地脫皮了，如此一來就沒問題了呢。」

浮現有些放心的表情後，莉莉亞再次將全裸的昂壓到床鋪上。

「那麼，昂想怎麼做？想怎樣侵犯我，侵犯新娘呢？想怎麼洞房呢？」

雖然沒像先前那樣壓住手腕，被新娘禮服裹住的肢體卻輕輕壓上昂。豐滿乳房在兩人之間壓扁變形，柔肉幾乎就要溢出開得很低的禮服胸口。

（新娘……洞房……胸部……胸部……！）

美麗的姣好臉龐近在咫尺，甚至可以感到彼此的鼻息。胸膛上有著乳房舒服的重量感與柔軟觸感，而且氣息感覺起來比平常感覺還要甜美，這一切都削弱著昂的理智。

「師父！」

長年以來偷偷妄想著的春夢化為現實，這讓昴想要猛然爬起身軀。對昴來說，這是他鼓起最大等級的勇氣才做出來的行動。

（可能再也不會有機會跟師父做這種事了！觸碰到逆鱗說不定真的會被殺掉，就算只有一次也好，能跟師父色色可是我夢寐以求的事……！）

昴想將憧憬的美麗惡魔壓在下面，但這個企圖卻被難以置信的腕力給封鎖了。只不過，並非是在拒絕昴的事實立刻水落石出。

「喂喂，什麼啊，區區徒弟想騎到師父身上嗎？還早了五百年呢。就常識來說當然是我在上面吧，忘了我的——莉莉絲的特性嗎？」

「不是師父問我想要怎麼做的嗎？」

鼓起的所有勇氣被輕易揮開，昴用可憐兮兮的聲音表達不滿。

「我是有問，卻沒說會允許喔。」

少年有一大半人生都是跟這個重複不合理言行的惡魔一起度過的，因此他只是默不作聲等待師父的下一句話。

「沒錯，就這樣待著不要動。沒事的，像你這種處男不可能忍得住莉莉絲的極致小妹妹，所以馬上就會完事的唷。就當成是在打針吧……雖然被刺的人是我就是了。」

體現人類理想的美貌惡魔吐出淫語，令昴的小兄弟猛然彈起。

看到徒弟的這種反應後，莉莉亞咧嘴一笑，接著用力拉開漆黑色的禮服。可以用魔力抵消重力的惡魔才得以實現、兼具尺寸與美麗的究極巨乳埋盡昴的視野。

「如何？是昴最喜歡的胸部唷。很久沒在這麼近的距離看到了吧？能自由對待它的人，在漫長的人類歷史中也僅有你而已，開心吧。」

行動與臺詞雖然充滿自信，表情卻不怎麼從容。莉莉亞本來就有著雪膚，因此臉紅時相當明顯。不只是臉龐，就連後頸跟胸口都泛紅了。莉莉亞的這般嬌豔令昴瞪大眼睛說不出話。

（師父的胸部，果然很厲害……）

莉莉亞平常就不穿胸罩，也喜歡肌膚裸露度高的服裝。而且，是沒將昴這個室友當成男人看待嗎，她並沒有戒心，因此要看到莉莉亞胸部的機會意外地多。畢竟這個惡魔甚至會剛洗完澡就披著浴巾晃到客廳。

然而，如今，昴感到眼前的莉莉亞明顯羞答答的。

「那個……是在害羞嗎？平常明明一點也不打算遮起來的說？」

「沒、沒害羞啦！以你為對象為何我有必要害羞呢？我完全，一點也不害羞喔！

你看！」

人生經驗以千年為單位的遠古惡魔更加臉紅，一邊將昴的雙手拉向自己的乳房。

「師父……嗚啊！」

首先最初的是，就算是男人的手也只能遮蓋住一部分表面積的駭人尺寸震懾了昴。接著，手指深陷其中的柔軟度令他吃驚。在最後，觸碰到掌心中央的堅硬乳頭令他欲火焚身。

「什麼嘛，光是摸就行了嗎？我有說過想怎樣都行吧？還是說你對我的胸部沒興趣呢？」

昴畢竟沒遲鈍到不明白這是在拐彎抹角地催促自己，而且最重要的是，在這對極品乳房面前他也不可能忍耐得住。昴是個年輕又健康的男人。

「嗯嗯……揉、揉得還挺不客氣的嘛。呵呵，跟像個嬰兒吸我胸部的那時不同呢。」

「是、是在說什麼時候的事情啊！」

「就我來說，就像昨天一樣唷……呵呵，嘴上抱怨，揉奶的手倒是沒停下呢。而且……嗯……摸法很下流不是嗎，色鬼。」

正如莉莉亞所言，昴的手有如被吸住般貼上乳房，做出淫穢的動作。在沉甸甸的乳房重量，好像可以一直深陷進去的柔軟度，還有與其相反會彈回手指的彈力面前，處男的理智只不過是廢物。

「唉唉……你呀，想這樣弄我的奶吶……啊……嗯……咕嗚……呵呵，平常對師父明明口氣那麼大，卻被胸部迷住……啊，嗯，嗯嗯嗯……！」

（師父的乳尖又變得更硬了。是、是有感覺，了嗎？師父覺得舒服，嗎？）

在自己手中變形的膨脹物，其尖端看起來漸漸隆起了。就在昴心一橫捏住乳頭的瞬間——

「呀嗚嗚嗚嗚！啊，啊啊！」

黑衣新娘發出尖叫，一邊大大地向後仰。

「師、師父？」

「不、不不，不是的！並不是因為舒服所以發出叫聲的喔！做出奇怪解釋的話我就當場讓你消失！具體來說，就是轟飛你的頭部喔！」

雖然過分誇張地掩飾害羞，莉莉亞卻也沒有揮開徒弟的手。不如說她有如要將乳房壓上來般，輕輕將體重放上昴的手。

（好可愛……師父，會發出那種嬌喘聲……啊啊，還想多聽聽師父的嬌喘聲，想讓她有更多更多的快感！）

從莉莉亞的反應中得到自信後，昴更用力、更激烈地對美巨乳施加愛撫。

至高胸部兼具會配合手部動作自由自在變形的柔軟度，以及不論怎麼揉都會變回原本美麗形狀的彈性，令昴愛不釋手地渴求它。

「咕呼……嗯啊，呼，呼唔唔……昴……昴……啊啊。」

莉莉亞發出的話語變得語意不清，甜美嬌喘的比例也提高了。坐在昴腹部上的腰開始扭動，漆黑禮服發出令人欲火難耐的衣服摩擦聲。

「囂張……真囂張呢，明明只是昴的說……呼，呼啊，呼唔……呀啊！」

昴同時捏住勃起到已經無法蒙混過關的左右乳頭，剎那間，至今最大也最甜美的叫聲傳了出來。

是對自己發出的聲音感到驚訝嗎，莉莉亞連忙閉上嘴巴，不過當然已經太遲了。不只如此，原本就已經很紊亂的呼吸遭到阻礙，結果導致她更加不從容了。

「嗚……呼唔……可、可惡……可惡……唔！」

是對自己的失態有所自覺吧，藍色眼眸懊悔且懷恨地俯視昴。這是足以稱之為完美的遷怒。

「很、很行嘛，該說不愧是淫魔的徒弟嗎，我就誇你吧。不過，可別因為用胸部稍微讓我高潮這種小事就得意忘形唷，因為這只是洞房的小菜而已。」

是被逼得相當走投無路嗎，莉莉亞似乎連自己失言都沒發現。

（去了，師父用乳頭去了……！）

昴心懷感激地仰望自己憧憬、尊敬、崇拜、視為神聖的初戀對象（雖然是惡魔）的高潮表情。莉莉絲加上妖豔的美麗讓昴別說是眨眼，就連呼吸都忘記了。那是連心臟忘記脈動都不足為奇的感動。

「是、是要看到何時啊，好色徒弟。別……別擅自亂看喔。」

就連不合理的客訴，只要當成是在掩飾害羞就會讓人感到開心。說起來昴早就習慣師父的不合理要求，對他而言這根本不構成抑制，不如說還會造成反效果。

（害羞的師父，太可愛了……究極美女莉莉絲居然害羞，真卑鄙耶，這樣會目不轉睛地凝視的，不可能不看的吧……！）

是終於從徒弟陶醉地凝視自己的眼眸中察覺到種種事情嗎，莉莉亞又深又長地大大嘆息。

「唉……看樣子你似乎還沒理解成為我夫婿一事有多重大呢。聽好囉？已經無法回到正經的生活囉？結為夫婦就表示不是只有師徒關係就能了事的喔。」

「我只要有師父就行，其他什麼都不需要。」

昴確信有莉莉亞的生活才是「正經」，因此他連一瞬間都沒遲疑地如此告知。

「師父正是我的一切，我的性命、存在、一切的一切都是為了您……莉莉亞而存在的。」

（哇啊，這孩子好詐！居然在這邊直呼名字，好狡猾！這個惡魔！我不記得有教過你這種撩妹招式唷！是誰！教你這種技巧的傢伙是誰？如果是女人的話，我就要將她消除！）

既是徒弟也是新郎的少年從口中說出直率過頭的告白，莉莉亞感到狼狽，感動，然後發情了。這是執掌性愛的惡魔莉莉絲初次認真地想要男人的瞬間。

「說、說得好呢。這樣才是我的徒弟喔……覺悟吧，現在就要把你變成我的——變成莉莉絲的夫婿。盯著天花板的汙漬看吧，馬上就會結束的。」

「沒有汙漬就是了，畢竟我有好好打掃。」

「閉嘴呆徒弟。」

瞪視徒弟後，莉莉亞捲起為了配合這天而準備的新娘禮服，並且咬住裙襬。只有一半胸圍的蜂腰，跟禮服同樣是漆黑色的吊襪帶跟絲襪，以及被毛髮覆蓋、跟頭髮一樣是金黃色的祕處裸露而出。

「……唔!!」

（呃，喂，沒聽到我叫你看著天花板嗎，這個色徒弟！）

莉莉亞咬著禮服無法出聲，因此再次瞪視昴。然而昴卻凝視著新娘的下腹部，並未察覺到師父的視線。那對眼睛明顯正盯著莉莉亞的三角洲地帶猛看。

（話說在前面，這個可是昴害的唷？這十年間我的肉體會出現變化，肯定是你那扭曲的喜好造成的……！）

關於惡魔莉莉絲的傳承有著各式各樣的形式，不過絕色美女這點大致上是共通的。那是因為莉莉絲的容貌會反映出「全人類理想的最大公因數」，而這也意味著莉莉絲的外貌會與時代一同出現變化。

（這十年胸部變得更大了，頭髮也變長了，連下面的毛都變得毛茸茸的，昴絕對就是原因喔。）

只不過莉莉亞也從經驗中學到身邊人類的喜好所造成的影響，不是等同於全人類的理想就是在那之上。過去與數名「女兒」一同生活時，體型上也強烈地反映出她們的喜好。

（記得跟那些女孩一起住時，腰亂細一把的呢。）

雖然不像當時那樣，但莉莉亞現在的腰圍也相當細瘦。

（至於胸部膨脹嘛，哎，我懂的喔。畢竟昴小時候就對我的胸部亂有興趣的，一起洗澡時還會吸上來呢。雖然我並不討厭就是了。）

原本尺寸就跟人類差很大的胸部，以及相遇時就已經留得挺長的金髮她並不在意。她認為那就像是誤差一樣。然而，下面的毛髮就另當別論了。

（一定只是單純喜歡我的金髮吧，跟昴一起生活前明明是光溜溜的說……）

莉莉亞之所以在今天迎接初夜之際沒有剪髮或是處理私密處毛髮，就是她想要回應從今天起就會成為夫婿的少年的期待。自己反映出想要許下終生的對象的理想外形，所以她甚至想要感激這種特性。

（話雖如此，你也看過頭了啦。我有好好地洗澡，也有仔細洗過，對體型也很有自信，所以就算被盯著看也沒關係，但這並不表示我不會害羞耶，真是的！）

雖然被金色草叢妝點著，卻不是足以完全覆蓋住祕處的硬毛。頂多只是稍微凝神，就能輕易確認有深溝隱藏在下方的那種程度罷了。

而且，昴的眼睛確實地捕捉到莉莉亞最重要的部位。年輕雄竿啪啪啪地拍擊莉莉亞的屁股就是其證據。

（這個色徒弟真是的，用啥東西拍打師父的屁股呀。）

隔著禮服也能感受到的昴之分身既炙熱又堅硬，想像它即將侵犯、貫穿、弄髒自己後，全身傳來陣陣痙攣。那不是恐懼也不是厭惡，而是源自於興奮的顫抖。

話說回來，對上級惡魔莉莉亞來說，肉體上的痛楚並不是什麼大不了的問題。痛覺這種程度的東西，只要有那個意思她就能輕易控制，大部分的傷口她也能瞬間治癒。

「欸，昂？從剛才就一直拍打我屁股的無禮之物是什麼呀？」

將咬著的裙襬塞進禮服、讓嘴巴自由後，莉莉亞立刻用言語玩弄可憐又令人憐愛的徒弟。昂錯開腰部試圖逃離，不過莉莉亞當然不允許這種行為。她移動重心，堵死徒弟的逃亡路徑。

「什麼，要逃跑嗎？我提出了問題，請你回答。這是師父的命令唷。」

「……我、我的……那個。」

「什麼那個，聽不懂喔。好好地用語言說出來。」

「雞……雞雞。」

昂害羞到滿臉通紅的面容，讓大惡魔發出紊亂的喘息聲。莉莉亞輕輕抬起腰部，陰莖啪噠一聲發出大大的聲音，貼到下腹部那邊。

「這個為何膨脹成這樣呢？請說明是為什麼。」

莉莉亞用手指輕輕抬起洋溢年輕氣息的雄物，將它引導至膣口。才剛滿十八歲的少年，其前端輕觸存活了數千年的傳說中的美麗惡魔的窄穴。

「嗯嗯！……好、好了，快點回答，昴……啊，嗯……呼嗯……！」

初次體驗到的黏膜之間的接觸，讓莉莉亞發出尖聲。

「因、因為師父好美，而且又色，讓我胸口小鹿亂撞啦！嗚啊！」

「名、名字，至少今晚要叫名字，笨蛋徒弟！剛才不是好好地做到了嗎⁉想要被挖出，心臟嗎……⁉」

莉莉亞左手固定年輕雄竿，就這樣用右手來回輕撫昴的胸口。當然，她並不是真心要狙擊心臟，只是莉莉亞用自己的方式在表示希望昴能跟剛才一樣叫她的名字。

「莉、莉莉亞大人！」

「大人是多餘的喔，真是的……哎，不過今天這樣就行了。來吧，從現在起，我就特別教你這個處男什麼是女人。感謝吧，感激吧，然後將一生奉獻給我……如此一來，我也會一直跟你……咕……啊……啊啊啊！」

莉莉亞凝視徒弟的雙目，一邊一口氣將腰部向下沉。猛壯雄槍推開肉摺，可以明確地知曉它深深侵入女體深處。

（啊，現在，被弄破了……我的第一次……被昴弄破了……！）

試圖阻止入侵的純潔之證瞬間遭到突破，剎那間竄出輕微痛楚。然而，莉莉亞立刻用強大魔力緩和痛楚，並且堵上傷口。然而處女膜並未再生，破瓜之血也仍然保留著。

「沒事吧，師父……嗚啊！」

「我有說過要叫名字喔。」

徒弟露出擔心的表情，莉莉亞一邊揪住他的鼻子，一邊探頭望向結合的部位。昴的分身確實貫穿莉莉亞，收納在密穴之中。

（啊啊，連結在一起……我真的跟昴合而為一了呢……）

安心、感動，還有幸福這些心情湧上心頭。在十年這短暫、對莉莉絲而言等同於一瞬間的時光中，這個人類已經變成對自己而言是難以取代的存在了——她再次體會到這個事實。

（剛開始時明明只是一時興起打發時間的說……人生真的不曉得會發生何事呢，永生者就得多嘗試看看吶。）

外表只有二十多歲的美麗惡魔如此感慨，卻持續不到十秒鐘。因為總算品嘗到男人後，莉莉絲的本性化為強烈肉欲現形了。

「欸……啊，欸欸？這、這是什麼……呀，啊，啊啊啊啊!?」

甜蜜的麻痺感從下腹部連接處竄升，足以令全身毛孔張開的快感波浪打向這邊。在肉棒摩擦下，淫媚皺摺分泌出大量愛液。

「師父，對不起，我，已經，已經……！」

莉莉亞突然發情，再加上剛從處男畢業的昴因為無法忍耐而猛然向上挺腰。女壺被漲得緊繃的年輕陰莖鑽挖，莉莉亞大大地向後仰起身軀。

「呼啊啊啊啊！啊啊啊，等、等一下昴……嗯，嗯，嗯——!!」

明明才剛喪失純潔，莉莉亞的女體就被暴風雨般的愉悅裹住了。就算是只憑藉著年輕欲望進行的生澀活塞運動，也足以產生轟飛理性的快感。

「噫啊，噫，不行，啊，不行！嗯啊，啊，快、快停下……啊啊，咕，咕嗚嗚嗚!!」

「可是，可是師父的，莉莉亞大人的裡面，太舒服了……嗚，嗚嗚！」

昴也拚命抗拒自己的獸欲，然而戰況卻明顯處於劣勢。別說是停止向上頂，昴甚至用雙手將莉莉亞的腰部跟大腿拉向自己這邊，進行更深度的結合。

（這個色徒弟！是在想什麼啦！對我欲火焚身是沒關係，而且也是理所當然的事，要說有點開心還是挺開心嘛，應該是非常開心才對，但現在不行！在我有餘裕的時候發情好嗎，給我看氣氛嘛！）

她不想對昴露出狂亂的模樣，也不想被看見。雖然這裡面也有身為師父的自尊心，卻單純只是因為害羞使然。

「咕咿，啊，嗯，嗯，頂到，了啦，昴的，來到深處，了啦……啊啊啊，那邊不行，都說不能，把腰，壓過來了……嗯嗯唔！」

莉莉亞明白自己發出的聲音其甜膩度急遽增加，被挖穿的膣穴陸續湧出愛蜜，開始發出淫穢水聲。

「莉莉亞大人，也動著，腰部唷……咕，啊，好窄……溼溼滑滑的好舒服……！」

「別說……啊啊，說出這種事，會不行的……噫，噫咿咿！」

相較於昴那上下進行的活塞運動，莉莉亞的屁股激烈地前後搖晃。這不是刻意使然，而是基於女性，還有淫魔的本能而做出的動作。

（明明是第一次的說，這個是啥啊……好舒服，太舒服了……啊啊，腰部擅自扭動，想要昴的雞雞頂到更裡面……！）

莉莉亞可以感覺到全身魔力因性交而高漲，她再次——不，是初次體會到自己是性愛惡魔莉莉絲。如果是現在的話，不管是亞當或是撒旦她都有自信從容地誘惑對方。截至目前為止的人生中，此時此刻她最實際感受到自己就是莉莉絲。

（不過，我想要的就只有昴……其他男人，都無關緊要……！）

翅膀大大地展開，尾巴筆直地伸出。

以無視重力的尺寸與線條為傲的乳房彈跳著，金色長髮在半空中飛舞。

「嗚啊，出來了，要出來了……莉莉亞大人，請您，讓開……嗚嗚！」

有如另一種生物般淫穢地蠕動的蜜壺令昴投降了。然而，莉莉亞卻佯裝沒聽見繼續扭動腰部，而且用更加淫靡的腰部動作逼迫年輕丈夫，催促他射精。

（為什麼要在這種狀況下要我讓開啊，昴真是的。我已經是你的妻子囉，是新娘唷!?來吧，不要客氣地射出來。在我的身體裡，在莉莉絲的極品肉穴裡盡情洩出來……！）

身穿漆黑新娘禮服的惡魔，有如在說這裡就是勝負關鍵似地全力搖動屁股。

「噫，呼咿，啊噫嗯！嗯啊，嗯啊，不行，好棒，好棒……！」

然而，對莉莉亞而言這也是雙面刃。因為將徒弟緊逼到射精的動作，也有可能就這樣導致自己高潮。實際上莉莉亞已經輕微高潮了數次。只要稍有大意，就會被認真的高潮吞沒吧。

（不能輸……絕對，不要比昴先去……就算是一秒也好，我要讓你先高潮……！）

自己在跟何物戰鬥，話說回來，有必要戰鬥嗎？新娘莉莉絲已到極限，甚至到了連這些事都不曉得的地步。

「莉莉亞大人，莉莉亞大人……啊啊，喜歡您，我一直一直喜歡著您……啊啊！」

毫無自覺，毫不留情地將人逼至絕頂的臺詞飛進莉莉亞耳中。而且對方還使出用雙手將新娘腰部牢牢地拉向自己，同時全力進行活塞運動的凶惡連續技。

「吵、吵死了啦笨蛋，啊，啊，不要，現在真的不行……不行!!」

憑藉年輕氣盛的向上突刺縱向搖晃子宮，自己最神聖的器官被最重要的伴侶蹂躪——感知到這個事實的下一剎那，黑衣新娘終於敗給徒弟、敗給人類了。這是淫魔莉莉絲屈服的瞬間。

「不、不要，去了……這樣的……噫，去了……要去了……!!」

身軀如同蝦子般捲起，後仰程度甚至足以讓滲出歡喜淚水的臉龐面向天花板。兩顆豐乳軟綿綿地起著波浪，傳說中的惡魔初次抵達了真正的高潮。

「師父……嗚啊啊！」

腔穴肉壁因雌性喜悅而顫抖，被它緊緊縮住的勃起也略微慢師父一步地爆發了。灼熱岩漿灑落在變得敏感的嬌媚黏膜與子宮上，將莉莉亞推至更高的頂峰。

「噫咿咿咿，噫咿咿，去了……明明去了說，卻又去了……啊啊啊，深處好熱喔……要溶化了……噫，噫呼……噫咿咿咿咿……！」

莉莉亞簡直像是嬰兒般在身體前方發抖地握緊雙手，就這樣沉入又長又深、而且甜美的無底悅樂沼澤之中。

7 洞房花燭夜仍在進行中

對自己敬愛、崇拜的憧憬對象盡情傾瀉欲望後約五分鐘的幸福時刻，在昴人生中無疑可排進前幾名。

（跟師父色色了……成為師父的夫婿了……在師父裡面射了好多好多……）

他心中有著難以相信這種僥倖的心情存在，也有著在膣內射精的罪惡感。然而，卻敵不過射精過後的舒暢疲憊感，以及莉莉亞騎在自己身上的重量感與柔軟觸感。

新娘禮服的滑順觸感也強烈地表達著這是洞房之夜的事實，在昴心中填滿了幸福感。

「不會以為這樣就贏過我了吧，笨蛋徒弟。」

「……什麼？」

金髮惡魔緩緩撐起上半身後吐露的臺詞，實在很難說是適合新娘對新郎說的話。

「因為先去的人是你，我是在那之後。這點請不要搞錯，就算是夫婦還是要分清楚的吧？」

「……是的。」

雖然曉得先高潮的人明顯是莉莉亞，徒弟卻知道自己的師父極不服輸，所以什麼都沒回嘴地點頭同意。與現在包圍自己的種種幸福相比，這種事情實在是微不足道。

然而，對莉莉亞而言這卻是不能無視的問題吧。她凝視徒弟、或者說是瞪視的表情中，浮現著無法完全隱藏的不滿。因為理解真正輸贏的人（如果有這種東西存在的話），不是別人正是莉莉亞。

「欸，昴。」

「在、在的。」

「你喜歡我吧？最喜歡了吧？愛著我吧？」

「是的！」

新郎秒答，令遠古惡魔紅暈上頰。

「既、既然如此，這種程度還是無法滿足的吧？」

有如在尋求同意似的，仍然插著肉竿的膣壁妖豔地縮窄。

「是的……」

「既然如此，來決勝負……不，來進行洞房的後續囉。感謝我吧，色徒弟……不對，是愛徒♡」

「嗚啊！」

昂還沒回答，莉莉亞就先一步再次搖晃起腰部。

就這樣，莉莉亞與少年的洞房之夜，一直持續到她以三勝二敗的戰績領先為止。

第二章　新婚生活！新娘師父的裸體圍裙

1 開始新婚生活

「給，昂。」

在動盪的生日，以及洞房的隔天早晨，莉莉亞睡眼惺忪地出現在客廳，朝正在準備早餐的昂扔出某物。

「哇啊，哎呀！」

昂連忙將手中的餐盤放到桌上，勉強接住了它。

「……戒指？」

那是散發出神奇光澤的戒指。

（什麼啊，這個金屬是……這個是金屬吧？）

昂在魔具店鋪修業兼打工，因此至今為止看過也摸過五花八門的素材，卻無法判斷戒指的材料為何。看上去像是金屬，但他卻沒自信如此斷言。

「是用什麼做成的，你猜看看吧。這也是修行的一環唷。」

一邊呼啊啊地張大嘴巴打呵欠，莉莉亞一邊躺平在地毯上。

「啊，不可以躺平啦。反正師父又要睡回籠覺吧。」

「人家很睏嘛，畢竟昨晚有某位仁兄不讓我睡覺啊。應該說不愧是莉莉絲之徒嗎?呵呵呵。」

「嗚……那、那是……」

想起甜蜜初夜的種種事情，耳朵熱了起來。

「而且啊，睡回籠覺這種小事沒差吧，你很小家子氣呢。」

「是師父太隨便了。」

「請說是不拘小節，要正確地使用日語喔。因為你可是母語使用者呢。」

「在日語中這種情況就叫做我講一句妳頂十句！」

從地板滾向這邊的惡魔朝小腿前側賞了一記背拳，昂立刻蹲下。是還加上了離心力使然嗎，還挺痛的。

「人類真的很脆弱呢，真可悲……那麼，昂的鑑定是?」

這次又滾向反方向，返回原先的位置後，莉莉亞如此提問。她似乎不打算起身，但投向徒弟的視線卻很認真。

「最初我覺得是銀，但光澤有些不同呢。重量感像是鈦，但這個也不對，或許是某種合金吧。這個該不會是……山銅？」

「嘖，正確答案喔。」

「雖然不曉得為何要發出咂舌聲就是了。」

「因為我想如果答錯就要盡情把你當成笨蛋嘲笑嘛，不可愛的徒弟吶。這個節骨眼看氣氛娛樂師父才是徒弟的本分吧？」

「再怎麼說這要求也太不講理了吧……」

對自由奔放過了頭的師父露出苦笑後，昴再次望向手掌上的戒指。

「這就是山銅嗎，是極其稀有的材料呢？」

「嚴格地說，是山銅合金就是了。因為我混合了各種物質進去……用金額來說的話，比同重量的黃金貴幾十倍唷。話說回來，一般而言絕對不會在市面上流通就是了，感謝我吧。」

「欸？那個意思是……這個要給我嗎？」

「……不如說在我們的現狀下，收到戒指為何會吃驚還比較不可思議吶。」

「我們的現況？……………………啊！」

昴總算想到這是新娘莉莉亞送的結婚戒指。

「好慢，遲鈍，呆子。」

「可、可以嗎？我可以收下這麼貴重的東西？」

「沒必要在意喔，反正也不是買的。」

聽到莉莉亞的這句話語後，這一回昴立刻理解了。

「這個是創造出來的呢。」

關於遠古惡魔莉莉絲的傳承之一就是，祂擁有產生萬物的能力。關於這一點大致上是事實，只要有特殊素材與魔力，大部分的物質莉莉絲都能創造出來。昴過去也曾數次見過莉莉亞用過這個技能。

「嗯嗯，幸好材料也都具備呢。」

說到這邊，莉莉亞意有所指地瞇起眼睛。

「好，這邊要對呆子徒弟提問唷。回答莉莉絲生成某物時所需要的一切物品，限制時間是一分鐘。好，開始。」

「首先是魔力，量很龐大的。還有，做為觸媒的血液。」

這次昴很有自信，所以堂堂正正地做出回答。雖然以為對方又會咂舌，然而——

「真可惜，答錯囉。不夠用功呢，昂。」

莉莉亞浮現滿面笑容，對徒弟的錯誤答案感到高興。

「魔力是正確答案，需要觸媒也是正確答案。不過，觸媒不見得一定要是血液，所以答案錯了。只要是體液，基本上什麼都行喔，不論是淚液還是汗水甚至是小便還是母乳都可以唷。哎，這次跟你最初說的一樣，用的是我的血液就是了。」

「是這樣子的嗎……師父的血？」

「沒錯，而且還是莉莉絲的破瓜之血唷。亂珍貴一把的，好好感激囉。」

「欸欸欸!?」

「待會兒再吃驚，快點套上手指。該不會要說無法收下我的結婚戒指吧？說出口的瞬間，我就會讓你炭化喔？」

「您、您說炭化……」

「比起燒死，這樣表現更有品味吧？」

昂不想被最喜歡的新娘燒掉，因此連忙戴上戒指。剛開始時雖然覺得有一點大，但它卻立刻吻合手指，簡直像是變成身體一部分似地毫無違和感。

「如何？它會自動調整尺寸，很方便吧？」

「是的……呃，欸？師父，這個拿不下來耶。」

「啥？沒必要拿掉吧？你在說什麼夢話啊。」

莉莉亞眼中的高光嘶……的一聲靜靜消失，表情也跟著消失，相當地恐怖。

「結婚隔天提離婚，你想從這世上被抹消嗎？」

「不、不是那麼沉重的話題啦。只是去上學之類的狀況時，沒辦法拿下來會很不妙的不是嗎？像是洗碗盤之類的工作時。」

「沒必要拿下吧？」

莉莉亞用低八度的聲音重複跟先前同樣的臺詞。

「沒問題的，它不會生鏽也不會壞掉，不會脫落也不會讓人過敏，所以請你一直戴著。這是師父的命令，聽到沒？」

「……遵命。」

本能察覺到反抗會危及性命，昴率直地點頭同意。

「很好。」

新娘惡魔變回笑臉，昴的臉頰也跟著放鬆。

「啊，師父沒有戒指呢？」

「嗯嗯，因為很麻煩。」

「麻煩啊……」

「創造這檔事呀，那個，比你想的還要疲累唷。最初我也考慮過要用昂的精液製作自己的戒指，不過最後還是算了。仔細想想，連我都戴上戒指是沒意義的嘛。」

「意義？」

「那個戒指的目的是向外界證明你是我的所有物喔。也就是說，是防止你花心的道具。」

「我才沒花心咧！」

「嗯嗯，那種愚蠢行徑不要去做喔，昂。難得被我撿回一條命，希望你不要浪費掉。」

莉莉亞面帶笑容柔和地表示「花心就殺了你」。

「還有，再告訴你一個戒指沒做我自己那份的理由吧……因為沒有必要唷。就算沒有結婚戒指，我也已經是，只屬於你的……入家昂的妻子了。」

「唔……！」

過於令人欣喜的臺詞令昂屏住呼吸，看著這樣的徒弟呵呵輕笑後，莉莉亞總算從地板上爬起。

「差不多該吃早餐了。」

「好、好的！」

「昴當然要有新婚的樣子，一口一口地餵我吃吧？」

這天早餐花了比平常將近多出一倍的時間。

2 在學校與打工處

抵達高中後，昴立刻前往教職員室。雖然與莉莉亞的甜蜜早餐拖了很久讓昴比平常還晚出門，不過距離班會還有時間。

「怎麼了田中，你不是值日生吧？」

「是的，我有點事想跟老師說。」

「喔喔，怎麼了？是關於進路的事嗎？」

親切又替學生著想的班導（男・三十八歲・有妻子）將坐著的椅子轉過來正對昴。

「就某種意義來說，是跟進路有關……其實我換姓氏了。」

「是……是嗎？」

「啊，不、不是的，不是雙親離婚之類的情況啦！」

看到班導表情罩上陰霾，昂連忙繼續說明下去。

「話說回來，我也沒有雙親呢。」

「是、是吶，你的監護人是親戚吶。」

老師的表情變得更加暗淡。

所謂的親戚監護人，指的當然是莉莉亞。雖不知是怎麼做到的，但文件是確實存在著的。

「嗯？意思就是你被領養了嗎？」

「不是養子，而是入贅了。」

「…………啥？入贅？對、對象是？」

「師父……不對，是親戚，我的監護人。」

「你的監護人……是那個，金髮的大美女嗎？」

莉莉亞平時不喜歡外出，但不知為何三者會談時卻會興高采烈地參加。

而且她明明討厭引人注目，外出時卻不會刻意變身或是喬裝，周圍也因此發生了小騷動。

（嗯嗯？那個，該不會是……為了不讓身邊的其他女人接近我？像是有這種意圖之類的？這樣想果然還是太自戀了吧？）

本人雖然怯懦，但這個想法當然是正確的。

「是的，就是那個監護人。哎，事情就是這樣，所以姓氏從田中變成入家了。提交結婚申請書後我會再次前來報告……呃，老師？老師？」

班導張大嘴巴愣住了。

昴還不曉得。今天從現在起，這種反應還會在自己身邊一而再、再而三地重複。

撐過動盪的放學後，昴直接前往打工地點魔具店踏鞴。

昴沒察覺到莉莉亞拐彎抹角的求婚，以為再也無法前來這裡，因此站在店前面時有一點熱淚盈眶。

「辛苦了……嗚哇！」

一進入店內，店長跟店員就一起拍手。連認識的客人也面露賊笑拍著手。

「哎呀，恭喜呢田中昴同學……不，是入家昴同學。」

「才剛新婚就立刻過來工作，你還真認真吶。」

「不陪新娘可以嗎？」

「……該不會大家從一開始就知道吧？」

直到此時，昴總算是理解了狀況。

「不懂的人全世界也只有你唷。」

金山店長的話語讓大家同時點頭稱是。

「欸欸……為什麼會曉得呢？」

「不如說為何身為她的、身為莉莉絲弟子的你會不曉得還比較不可思議。是從哪邊又是怎麼解釋，才能誤以為自己會被她殺掉呢？」

廣泛地從事魔具製造販賣，連保養改造修理解析都有的踏鞴老闆兼店長兼首席技師金山，是日本自古以來的神明。然而，平常看起來卻只是個友善的鬍子壯年男性。而那個金山，用打從心底感到不可思議的表情凝視昴的臉龐。

「不管是誰都能看出那個遠古惡魔對你很著迷不是嗎……嗯？昴同學，那個戒指是？」

「這是師父今天給我的東西。」

「喔？可以讓我看看嗎？」

對魔具興趣高昂，因此在下界開了這家店的金山雙目一閃。這是他見到稀有魔法道具時經常會露出的反應。

「我是不介意喔，但這個拿不下來。」

昴遞出左手後，金山立刻開始觀察戒指，連其他店員跟客人都聚向這邊。

「呵呵，還真是獨占欲強烈的惡魔呢……原來如此原來如此，虧她能在這種尺寸下塞進這麼多魔力，該說不愧是最古老的惡魔莉莉絲嗎？」

就像莉莉絲那樣，與惡魔等種族，以及神或天使有關的錯誤傳承非常多，魔界與天界經常鬥爭的誤解就是最好的例子。

雙方以前的確曾經抗爭過，但如今除了個人等級的戰鬥外，基本上都很平靜。事實上魔界與天界的居民都會前來光顧踏鞴這家店，分屬不同陣營的人類客人也很多，卻並未發生大麻煩。

「這個有這麼厲害嗎？除了它是山銅以外，我什麼都不曉得呢。」

「現在光是能知道它是山銅就夠了唷。畢竟魔力也完美地隱藏起來了，是我才能感受到呢……不過吶，這東西真的很猛。身為工匠，這個讓我猛烈地嫉妒起來了。」

現今也做為鍛造業之神在全國廣受信仰的神明，有些懊悔地如此呻吟。

「對了，昴……如何呢，關於那檔子事？嗯——？」

就在金山等人回到自己的負責範圍，昴也準備打算工作的那時，有個人物面帶賊笑一邊對他勾肩搭背。是踏鞴的正職員工，也是昴的直屬上司卡塔莉娜。

「那檔子事？是哪檔子事呀？」

「呵呵呵，當然是那種事囉。晚上啦晚上，跟新娘的快樂時光。欸，欸，是怎樣呢？是怎樣啦？好了好了，跟姊姊講看看嘛？一五一十地全盤托出吧？」

下流笑容與話語完全就是性騷擾老爹的那套，但這個天使其實是金山的愛徒，而且還是頗具姿色的美女。

「那個問題對天使來說如何呢？」

「在如今這個時代，什麼天使啦惡魔的都想法過時囉。身為一名活在現在的天使，在那方面要靈活又感性還得積極主動才行呢。」

總結而論，內容就是「我要隨心所欲地活著！」

她身為工匠的技術與做為天使的成績，還有外表都是無可挑剔的一流水準，卻是那種在性格上很吃虧的類型。常客似乎都在背地裡偷偷叫她「遺憾天使」。

「昴當然是處男吧？在洞房花燭夜裡果然是由莉莉絲帶領的嗎？畢竟她有那種外表，而且又活了很久，所以也是經驗豐富吧。欸，欸，是怎樣嘛？有埋進那對不得了的胸部磨蹭嗎？」

雖然跟莉莉亞沒得比，但卡塔莉娜也以尺寸綽綽有餘的胸部為傲。她一邊用力把它擠過來一邊提出問題，正是所謂的性騷擾。

「欸卡塔莉娜小姐，不要這樣啦。」

「有什麼關係嘛，黃段子能替無聊的日子來點滋潤唷？好了，給我們來點心靈潤滑油吧，打工仔……嗚啊!?」

就在昴準備向店長或是其他人求助的那時，卡塔莉娜突然離開。有隻貓頭鷹從用來換氣的小窗戶飛進來攻擊她。

「啊，啊，痛，好痛好痛，這攻擊真的會痛耶!?」

「…………」

「昴，拜託，讓牠停下！這是你那邊的貓頭鷹吧!?等一，啊，鳥喙好痛，爪子也好痛的！」

「烏拉，已經夠了，卡塔莉娜小姐在哭了呢。」

「嗚——！」

貓頭鷹攻擊著半哭的性騷擾天使，聞言後牠站到昴的肩頭。烏拉是莉莉亞的使魔，是重要的家人，而且也是值得信賴的護衛。平常雖然不曉得在哪裡，在昴有危機時卻會像這樣趕來救援。

「咕，臭惡魔的走狗！退開！」

淚眼汪汪的天使瞪視這邊，烏拉卻是閉眼完全無視。

「啊，剛才那句臺詞難得地很有天使架勢呢，卡塔莉娜小姐……應該說，我也是惡魔的徒弟就是了，要回去嗎？」

「昂請假沒來打工的這段期間累積了一堆工作，你回去我會很頭痛的。關於洞房夜我不會再追問了，請讓那傢伙回去吧。」

「明白了……烏拉，謝謝呢。回去後我會讓妳吃美味的肉唷。」

「嗚嗚！」

貓頭鷹使魔開心地鳴叫後，從牠進入的小窗飛了出去。牠一定又會在建築物附近待命吧。

（好了，工作得加油才行呢。）

上司又露出想問某事的表情，然而果然是學到乖了嗎，她在那之後並未做出性騷擾發言。

正如卡塔莉娜所言，工作確實堆積如山。

（明明有好好地告訴店長或許再也不會過來打工的說。）

昂做好真的會被莉莉亞殺掉的覺悟，因此有事先向金山店長略微說明內情。

「嗯嗯嗯，原來如此，那可真是辛苦呢。對了，你何時能回來呢？可以把你加進輪班表裡面嗎？」

金山無視自己悲壯的覺悟，不知為何看起來還很開心。昂試著回想他當時的反應，在那個時間點上店長就已經看穿莉莉亞真正的企圖了吧。

金山與踏鞴員工們確定莉莉亞不可能殺死昂，他們認為昂回來工作是天經地義的事，所以替昂準備了分量十足的工作。託眾人的福，今後有一陣子得卯起來打工了。

（只有我誤會師父嗎……明明覺得自己是最親近的人，結果我還是太嫩了嗎？不論是身為徒弟……或是一個男人都是。）

昂強行排除莉莉亞的反對開始打工，是他高中入學後的事。既然如此就順便修業吧——莉莉亞如此說道，並且介紹了踏鞴這家店。

（或許是因為可以監視我，師父才介紹熟人開的店吧。如今回想起來是這樣就是了。）

昂身為傳說級別的惡魔莉莉絲之徒，當初就受到員工與客人們的注目。不過是因為跟這裡的氣氛很合拍嗎，他立刻就融入環境了。

另外，昂因為照顧莉莉亞而學會看氣氛的技能，而且又有一雙巧手，再加上個性認真，如今已被當成店裡貴重的戰力了。特別是在加工魔具的工程中，從金山跟卡塔莉娜那邊都得到很高的評價。

「呼，今天的份總算弄完了。」

是因為持續作業的時間比平常還多出一個半小時嗎，就算是昂也產生了疲勞感。即使如此，能像這樣再次涉及魔具相關事務仍是令他欣喜。如果可能的話，自己將來想走上這條道路，盡可能地幫上大惡魔莉莉絲的忙——昴暗自如此思考著。

「辛苦了，不好意思呢，讓新郎加班。不過，明天也要拜託你唷。」

「辛苦了，不過店長啊，昴接下來才是重頭戲呢，各種意義上的重頭戲。」

「……大家辛苦了。」

向把明天起的輪班表排得密密麻麻的店長，以及朝這邊做出下流手勢的天使打完招呼後，昴一邊苦笑一邊離開踏鞴。店外已完全入夜，不過這裡是鬧區，所以並不昏暗。

（被店長硬拗了呢，今後有一陣子會晚歸，得提早向師父說明才行。畢竟那個人對門禁很嚴格。）

以前文化祭收尾開慶功宴而晚歸時，金髮巨乳美女突然出現在家庭餐廳會場的那起事件，是昴身邊之人無人不知無人不曉的逸聞。甚至到了有一陣子同學中不論男女都想來昴的家與那名超級美女再見一面的地步。

（平常明明都在家耍廢的說，偶爾卻會晃去外面呢，那個人。）

前述的家庭餐廳事件正是此種案例。除此之外莉莉亞還有數項前科，然而突發性外出有一大半都發生在昴晚回家的時候。

（雖然隱約覺得單純只是對規矩很嚴格，但那個並非如此吶。我家師父該不會是對我過度保護了吧……）

昴總算察覺到如果金山或卡塔莉娜在場，或許會吐槽「現在才曉得」的事實，而這種遲鈍也是造成昨日悲劇與喜劇的原因。

「好。」

昴改變要直接回家的預定行程，舉步邁向平常沒光顧的另一家超市。那家高級超市雖然價格有點貴，卻有販售好食材。

莉莉亞有給昴信用卡，還說伙食費之類的生活費與平常的零用錢沒有上限，要用就用，因此在金錢層面上並沒有不安。

「至少晚飯要弄得豪華，盡可能討她歡心才行呢。嗯，而且我也答應烏拉要給她吃好吃的肉……即使如此，好像還是會被唸吶。」

昴買了一大堆莉莉亞喜歡吃的肉，離開超市時，他再次望向購物袋的內容物，確認是否有食材忘記買。

「牛肉，豆腐，蒟蒻絲，蒿苣，香菇，雞蛋……好，沒問題。」

昴今晚打算弄壽喜燒。莉莉亞喜歡所有肉類料理，但她特別喜歡壽喜燒，而且還是那種讓徒弟一片片細心煮好，自己只要負責吃就行的風格，而且連雞蛋都不打。

「嚯，今晚要吃壽喜燒呀，這選擇不賴嘛。只不過蔬菜太多了。弄壽喜燒時肉片跟蔬菜至高無上的黃金比例是九比一，是打算讓我說幾次呢，笨蛋徒弟。」

「為什麼……」

莉莉亞突然出現在身後，昴無法把話好好說下去。

「為什麼？我擔心脆弱又軟弱的晚歸徒弟，所以才過來迎接的喔。好好感激溫柔的師父吧。」

昴看到烏拉站在莉莉亞肩膀上，是這隻使魔將昴的位置告知主人，並且領她過來這裡的吧。

「什麼呀，盯著人家猛瞧的。」

「欸，啊。那個……因為師父的這種服裝很少見，不由得就……」

莉莉亞基本上不會離開自己的家，所以看她穿外出服的機會很稀有。

莉莉亞今天的服裝是深紅色的連身洋裝。跟她在自己家中的模樣相比明明裸露度明顯降低，但不知為何昴卻心跳加速。

（師父不管是什麼模樣都很美麗，真詐呢。）

「不由得就？不由得就怎樣呢？嗯？」

是從徒弟的反應中察覺到某事嗎，貌美惡魔將身軀緊緊貼了上來。

「是、是明知故犯的吧，師父？」

「是在說什麼事呢？……然後呢？然後呢？嗯？」

徒弟知道壞心眼的師父一旦變成這樣就會變得死纏爛打，所以死心地開了口。

「我師父果然是世上最美麗的人，我再次迷上您了。」

昴不輸給莉莉亞那套衣服地紅著臉，一邊如此招供後——

「這、這樣呀。呵，呵呵，這樣啊。哎，我是知道的喔？這是當然的嘛？畢竟我可是莉莉絲呢？對人類來說可是究極美女嘛？不過我也不怎麼開心就是了？」

師父也紅了臉，就像徒弟的反應移到自己身上似的。明明是自己讓對方講的，她卻卯起來動搖了。

「好、好了，要回去囉昴。」

莉莉亞試圖把這種反應蒙混過去，挽住昴的手臂使勁拉著他邁開步伐。

回自家公寓的路上會經過鬧區，因此有很多旁人的目光。反映人類理想的美女與身穿學生制服的少年，這種組合自然會聚集周圍的好奇視線。

（不知道周遭之人是怎麼想我們的吶，看起來不像戀人呢，絕對……）

至少也不要是學生制服，如此一來就會多少有些不同嗎？就在昴如此心想而感到消沉時——

「明明是小孩子居然還晚上跑去玩，你也真是囂張呢。」

昴被身旁的莉莉亞微微瞪了一眼。就連這種表情都很有魅力，真是狡猾——昴如此心想。

「什麼晚上跑去玩……我只是打完工去買個東西而已就是了，而且才七點呢。」

「是已經七點囉。」

「門禁應該是八點才對就是了，而且我也有好好報告幾點要回去。」

離開學校時，抵達踏鞴時，離開踏鞴時，昴都分別傳訊息報告過，這是莉莉亞加在他身上的義務。

「那只到昨天為止，從今天起門禁是七點唷。」

「欸欸!?可、可是，如此一來打工就……」

「那個鬍子店長企圖讓別人的徒弟做跟山一樣高的工作，不過想得美喔。因為只有我有權力把昴當奴隸使喚……！」

「呃，這次只是剛好有一堆工作上門……」

雖然袒護金山，但對於自己被當成奴隸一事卻完全沒表示異議，就是昴這名少年。

「看樣子你似乎不明白，所以我就說了……我現在可是挺生氣的喔？你懂嗎？……看起來不懂呢，那副表情。」

抵達公寓坐上電梯時，莉莉亞一邊瞪視一邊如此說道。

「你覺得才剛新婚，丈夫就去加班，新娘會開心嗎？」

莉莉亞一邊瞪昂，一邊吻了過來。昂被書包跟購物袋堵住雙手，根本無法反抗。話又說回來，他也無意反抗。

「嗯……嗯……嗯嗯……」

就算電梯門開啟，莉莉亞也不怎麼肯離開昂。

3 裸體圍裙攻擊

回到自己的房間後，莉莉亞嘟起脣瓣鼓著雙頰，很好懂地生著氣。

（一般而言照那個流程，清廉正直的雄性一回到家就會把我推倒不是嗎!?等不及脫衣服，在玄關那邊就侵犯新娘不是丈夫的職責嗎!?）

在電梯內的甜美接吻讓莉莉亞的心情暫時好轉，然而看到昂一回到家就立刻走向廚房後，她的心情又變回原樣了。看樣子他似乎想快點把買回來的食材放進冰箱。

（比起莉莉絲這個頂級女肉，十八歲才剛丟掉童貞的男高中生居然更重視名牌牛肉的新鮮度，這種事根本不可能！難以置信！而且也不可原諒！）

當然，她明白昴是為了自己才這樣做的。雖然心中明白，但把昴送去學校後，莉莉亞一整天都在反芻洞房初夜的種種而欲火難耐，還沒完沒了地妄想今晚要怎麼做，因此她實在無法輕易看開。

（讓昴別去上學跟打工好了。在房間製造強力的魔法牢籠，把他軟禁在那邊好了。畢竟那孩子沒有魔力，是不可能逃出去的。如此一來，就能恩愛一整天了。）

扭曲愛情表現即將覺醒的瞬間，貓頭鷹使魔慌張地飛到莉莉亞面前。牠嘴裡銜著某物。

「啊啊，是那個？完全忘了呢……是吶，雖然比預定的要早一些，不過試看看也不錯呢。」

莉莉亞收下拿過來的東西後，烏拉有如放心似地「咕嗚……」叫著。主人用不著進行危險舉動似乎讓牠鬆了一口氣，真是善解人意的能幹使魔。

「我要跟妳道謝唷，烏拉。待會兒給妳吃好吃的肉。」

跟徒弟說出同樣的話語後，莉莉亞迅速做好準備離開房間。她的目的地當然是有昴在的廚房。

「昴。」

如果是平常的話，她會消去氣息從背後抱住昴，然後享受他的反應。然而這次她卻出聲搭話，讓昴知道自己的存在。因為她想知道看到自己現在這樣的瞬間，徒弟——新郎會露出何種表情。

「啊，對不起師父，您肚子餓了嗎？不過我才剛開始備料而已欸欸欸!?」

昴正在切要用在壽喜燒上面的蔬菜跟豆腐，卻用望向這邊的姿勢僵在原地。在制服上面穿著圍裙的昴，拿在手中的菜刀掉了下來。這是莉莉亞意料之中，而且超過她期待的好反應。

「真危險呢，要小心喔。」

莉莉亞一邊隱藏喜悅，一邊用若無其事的表情緩緩地、慢慢地接近昴。她用力挺起胸膛，一步一步有如在展現自豪肢體似地走路。

「這、這、這副打扮，是怎樣啊!?」

「連這種小事都不曉得嗎？這叫做裸體圍裙，是世界各地自古流傳下來的新娘正式制服唷。」

「請不要一臉認真地鬼扯！」

「真的能肯定是鬼扯嗎？昴又懂裸體圍裙的什麼了？話說回來，裸體圍裙的定義為何？內衣等其他衣著的有無可以被許可到什麼程度？」

「就算用這種凜然表情質問，我也不會被騙的！」

昂滿臉通紅地向後退，莉莉亞也配合這個動作縮短距離。她不疾不徐，確實地在物理層面與心理層面上將心愛的獵物逼至絕境。

「嚯？嚯？」

大惡魔確信自己完全處於優勢，一邊浮現妖豔笑容一邊享受新郎慌張的模樣。

雖然慌張、卻還是不時偷瞄注視而來的目光很舒服。

（呵呵呵，畢竟是年輕雄性嘛，真好搞定呢。好可愛唷，想要抱緊耶……本來還想說如果這樣還沒反應就要逐出師門的說，看樣子是沒問題呢。哎，不過就算逐出師門，我也不打算離婚就是了。）

穿在莉莉亞那副完美女體上的是，設計完全沒考量到原先功能的圍裙。無視重力的巨大乳房只有勉勉強強地被蓋住前端，股間的黃金色草叢也只被花邊略微遮掩著。

「那、那個，師父？」

「名字。」

「欸？」

「我說過這種時候要叫名字喔，笨蛋徒弟……不對，笨蛋夫婿。」

「……莉莉亞，大人。」

「大人是多說的。」

「直、直呼名字我果然還沒做好心理準備……啊啊！」

昂被逼至廚房角落，莉莉亞將身體壓上去堵住退路。將軍死棋了。

「昨天你很普通地直呼名字了不是嗎？而且……身體看起來完全做好準備了呢？」

莉莉亞用圍裙中伸出的長腿輕頂玩弄昂的股間。那邊的硬度與尺寸令執掌性愛的莉莉絲本能急速沸騰，同時鮮明地喚起昨晚的甜美記憶，只穿圍裙的極品女體欲火焚身地扭動著。

「肚、肚子餓了呢，師父……莉莉亞大人。」

「是呢，肚子餓了吶。不過餓的不是胃，而是其他地方就是了。就是這裡附近。」

事已至此昂仍是在客氣，為了完全奪走他的退路，莉莉亞拿起徒弟的手，將它引導至自己的下腹部。

「讓這裡喝你的牛奶……啊嗯！」

隔著薄圍裙被觸碰的部位產生舒服的感覺。

「待會兒再吃飯，洗澡雖然也不錯，不過那個也之後再做。剩下的當然就只・有．我．囉？別說不是這種鬼話唷？你不會在新婚第二天就做出讓新娘當寡婦的舉動吧？」

她用委婉的表現方式威脅「拒絕就殺掉你」。

（真不妙吶，我的克制力一口氣鬆掉了，那邊當然還很緊就是了。或許這是努力忍耐到現在的反作用力吧。）

據稱惡魔莉莉絲連亞當跟撒旦都誘惑過，但這完全就是冤枉的。然而在自尊上她並不允許自己才剛新婚就變成無性夫妻，更何況品嘗到男人後急速覺醒的淫魔性質正驅使著莉莉亞。

（擅自把我說成色情惡魔的臭人類雖然不可原諒，不過嘛，我也得稍微承認並不是完全沒說中呢。）

只不過莉莉亞並不是對任何人都會發情。至今除了昴以外，她對其他人都只抱持著完全一樣的印象。會讓莉莉亞想做淫蕩行為的人，就只有自己從小養大的少年而已。

「當、當然，我也想跟莉莉亞大人做、做那種，事情。非常想要做。」

「老實很好，長成乖孩子了呢，昴。不愧是我。」

「只不過，可是，就是因為這樣才必須自制，不然我一定會控制不住的。」

「控制住的必要性在哪裡呢？因為我可是你的妻子喔？是老婆喔？是免費的雌穴喔？」

「我不想被莉莉亞大人感到厭倦，不想被討厭。對我來說，莉莉亞大人就是一切。如果被拋棄，我就會失去所有活著的意義。」

因童年陰影，昴在精神上稍微對莉莉亞有過度依賴的傾向。莉莉亞也知道這件事，卻刻意置之不理。

（這種地方從小時候就沒變呢，這也是過去就是如此痛苦的證據。）

而且，遠古大惡魔莉莉絲不可能滅亡。換言之，莉莉絲擁有能夠永永遠遠保護昴的立場。這會刺激她的保護欲，也形成將昴綁在自己身邊的強大枷鎖。

從這些理由中，莉莉亞推導出昴怎麼依賴自己都不會有問題的結論。這是壓倒性強者的、擁有半永久壽命之人才會有的思考模式。

「我不可能會感到厭倦吧？昴真的是笨蛋呢。莉莉絲畢竟是可以跟夢魔互換的上位存在，只要隨心所欲地發洩欲望就行囉。不如說，你不渴求我才會感到無言唷。」

莉莉亞一邊對昴的臺詞在心中偷笑「好好好」，一邊溫柔地凝視如同盤算的那樣沒自己就活不下去的可愛徒弟兼夫婿。

（感覺不錯喔，昴。就像這樣依賴我，崇敬我，愛我吧。然後，盡情地索求吧，我會半點不剩全盤接納的……！）

實際上莉莉亞確信就算自己消失，昴也一定能堅強地活下去（託昴堅強健康地長大，遠超莉莉亞預期的福），但她絕對想要避免這種情況發生。這是莉莉亞也強烈依賴著昴的證據，而且她絲毫無意改善。

「而且呀，事到如今也太遲了唷？把我的身體弄成這樣，弄毀全人類理想形象的責任可是很重大的喔。」

她將擷取昴喜歡奶子的願望，在這十年間一口氣變豐滿的胸部軟綿綿地壓上來。勉強遮掩頂點的圍裙歪掉，有著鮮豔螢光粉紅色的乳頭展現身姿。

「看看你，幹麼要別開臉龐呢？是你最喜歡的胸部唷？是小時候一直卯起來吸的乳頭喔？你可以想怎麼做就怎麼做喔？」

「嗚嗚嗚。」

身體被夾在牆壁與莉莉亞之間，精神則是被理智與欲望夾在中間，昴發出呻吟。

雖然也覺得這樣下去昴肯定會淪陷，不過從早上就欲火中燒的莉莉亞卻決定使出關鍵性的一擊。她感到如果要挑戰自己想嘗試的玩法，如此正是時候。

「欸，師父!?」

莉莉亞原地跪下，拉下昴的學生褲跟內褲。

「呀嗚嗯！」

啪噠一聲，某物敲擊了莉莉亞的下巴。是昴年輕的雄竿。

「嚯？居然賞師父上勾拳嗎，膽子很大不是嗎？而且還是用這玩意兒吶。」

丈夫猛烈彈起的陰莖令莉莉亞無法移開目光。昨晚她陶醉在此物的突刺之中，所以沒怎麼能觀察到它。

「這個就是把我跨越數千年的處女膜給戳破的犯人呢。原本只有小指頭大小的雞雞，成長得還挺大的嘛。」

「啊啊啊，請不要盯著看啦。」

「滿口謊話，說真的被我看很興奮吧？像這樣高高地反翹，前端又流出忍耐汁……昴真是的，其實是悶聲色狼呢。雖然我知道就是了。」

不只是在勃起狀態下被觀察，今天活動一整天所累積的氣味被別人聞也很害羞吧。昴拚命動腰試圖逃離，然而在牆邊走投無路的狀態下，他頂多也只能做到左右搖晃而已。

「什麼呀，那個扭屁股舞。是在勾引嗎？是在勾引我吧？真可愛，好色。好唷，我就被你勾引吧。給你新娘充滿愛情的侍奉，好好感激囉。」

昴每次扭腰都會揮灑出雄性氣息與費洛蒙，而這些事物刺激了性魔的本能。莉莉亞一邊讓只穿一件圍裙的女體感到麻癢，一邊含住在眼前搖來晃去的肉棒。

「嗯……嗯嗯唔……唔呼……嗯唔！」

在漫長人生中只有知識大量累積的莉莉亞，其口腔內擴散出男性氣味。比妄想中還要更鮮明強烈的味道與氣味令她吃驚，同時，唾液也陸續分泌而出。

（感覺像是摻雜了各種東西呢。呵呵，不過我很清楚這是汗味唷。啊啊，昴的氣味……！）

雖對含入嘴裡後立刻感受到的尺寸硬度還有熱度覺得困惑，莉莉亞仍是讓舌頭爬上龜頭，而且這麼做的過程中她立刻就習慣了。小時候一起洗澡時見過的東西成長至此令她吃驚，而且開心了起來。

「啊，嗚，呼啊啊啊啊！師父，等一下，等一下啦！」

另一方面，初次的口脣侍奉讓昴發出類似悲鳴的聲音。對昨天才剛丟掉童貞的少年來說，莉莉亞溼潤柔軟的脣瓣，以及黏呼呼的舌頭黏膜攻擊實在是太強力了。

（不可能等的吧。發出這麼可愛的聲音，又哭喪著臉拚命扭腰試圖逃走，露出這種模樣為何還覺得我會等待呢？你真是笨蛋吶，我當然會更加欺負更加疼愛你的不是嗎？）

徒弟的反應超越預期，莉莉亞靜靜瞇起眼瞳。師徒雖然都是初次進行口交，但在這個時間點是莉莉亞在精神上處於優勢。

（這根雞雞是我養大的。換句話說，是我的東西。而且徒弟的東西就是師父的東西嘛。）

莉莉亞牢牢抱緊昴的雙腿阻止他逃跑，一邊前後搖晃臉龐。她用嘴脣摩擦收窄的部分。在這段期間內她也繼續扭動舌頭，把脹大的龜頭當成糖果來回舔拭。

「啾噗，咕啾，啾咕……嗯，嗯……呼嗯，呼嗯，呼嗯。」

莉莉亞還不習慣這種行為，所以覺得呼吸困難，然而莉莉亞卻鼓起鼻翼，紅著臉頰發出欲火難耐的聲音，這樣的她令昴血脈賁張。

（嗯嗯……在嘴裡不斷顫抖。而且，打從剛才我的臉就一直被看著。像這樣被看著，不是會讓人家更有感覺的嗎？）

品簫臉龐被看見當然也會感到羞恥，但害羞徒弟像這樣率直地發洩欲望，自己因此感受到的欣喜卻在那之上。

（這東西昨天侵犯了我呢，奪走了我的第一次、造孽的雞雞呢……）

在只有兩人的廚房裡，黏膜之間發出的溼潤水聲，以及少年強忍快感發出的喘息聲，還有惡魔嬌豔的鼻息演奏出淫穢的合奏。

「師父……太舒服了……啊啊，啊啊啊啊……！」

昴從頭頂那邊傳來的聲音，聽起來很像昨晚聽過數次的在射精前的聲音。

回想起灼燒膣壁、灌滿子宮的年輕精液的衝擊，莉莉亞的屁股也跟徒弟一樣開始左右搖擺。圍裙花邊根本沒遮到臀部那邊，昴的視線緊緊跟著它搖晃的模樣。

（呵呵，這是當然的囉。以為我是誰呢？是莉莉絲喔，是美與情色的初始惡魔唷？不是剛丟掉童貞的你能夠敵得過的對手喔。所以放棄無謂的抵抗，快點死心吧，愛徒！）

莉莉亞吞得更深，激烈地使用舌頭將年輕雄竿逼至絕境。她啾嚕啾嚕地發出淫穢聲音，啜飲從前端滲出的忍耐汁。

「咕啊啊!啊，啊，那個不行……嗚啊，咯呃……嗚嗚嗚！」

莉莉亞的舌技令昴的膝蓋開始搖晃，結束的瞬間明顯近在咫尺。

（射出來吧，昴。我會連一滴都不剩地喝乾你的牛奶的，所以可不准你脫靶唷！）

莉莉亞簡直像是夢魔般雙目閃閃發光，讓舌頭爬上龜頭索求年輕夫婿的種子，又使出足以令臉頰凹陷的真空吸引。這是與知識云云無關，僅靠惡魔莉莉絲本能進行的認真口交。

「師父……嗚嗚，嗚……莉莉亞大人，莉莉亞大人！」

「嗯噗!?」

確信徒弟要爆發的一剎那，發生了始料未及的事態。昴伸手握住了莉莉亞的角，然後就這樣將莉莉亞的頭部拉向自己的股間。這似乎是過於強烈的快感造成的無意識反應。

（你等一下，是在幹麼……不行，啊，頂到喉嚨了啦……討厭，居然刺得這麼深……啊，啊，騙人，它在脹大!?昴的雞雞在我的喉嚨裡變大了……!）

莉莉亞初次的深喉嚨口交立刻就結束了，因為前端頂到喉嚨的刺激感讓昴輕易地高潮了。

「喔呃，咕，呼咕!?嗯咕，呼噗，咕嗯，咕……咕噗!!」

直接流入喉嚨的大量白濁汁液讓莉莉亞嗆到了。然而角被握住，頭部也被牢牢固定住，讓她無法逃開陸續釋出的精液。

（好、好熱……不斷流進來……啊啊，我初次喝下、被硬灌下男人的精子了……）

當然只要有那個意思，人類無論是一人還是兩人，不管來多少莉莉亞都能轟飛，但她卻沒有這樣做。因為恥辱與呼吸困難也令她血脈賁張。

連惡魔自豪的角都簡直像是被當成把手般使用似的，對如今的莉莉亞而言，連嘴巴跟喉嚨被當成自慰套的被虐感都只能帶來愉悅。

「莉莉亞大人……啊，啊……對不起……嗚……嗚嗚……！」

（是要道歉還是強制口交，選一邊好嗎，色徒弟……啊啊好猛，嘴巴跟喉嚨，還有腹部都被昴填滿了……！）

回過神時，莉莉亞正一邊被侵犯喉嚨，一邊用手指摩擦自己的乳頭與祕裂處。

4 不停歇的新婚色色

「呼——呼——呼——……！」

射完自己也感到驚愕的量後，極致的滿足感與惡劣至極的罪惡感襲向昴。

（搞砸了……我做了最差勁的舉動……）

得盡快從莉莉亞口中拔出陰莖，再向她謝罪才行。

腦袋明明如此理解，身體卻全然不肯聽令。

「嗯啾，啾，咕啾……噗啾噗啾，啾，噗啾！」

最大的理由就是，舌頭在射精後變得很敏感的龜頭上面來回爬動。

「啊啊啊，師父，這個，很不妙的，腿要軟掉了……嗚！」

所謂的打掃口交有至高無上的快感，還能滿足雄性的征服欲。而且對象還是遠古惡魔莉莉絲，如此一來根本不可能不興奮。

（師父溫暖的舌頭正舔著我的東西，把它清乾淨……啊啊，這麼美麗的人居然連這種事都肯替我做……）

貌美惡魔用全身赤裸只穿著圍裙的模樣，跪著仔細地替陰莖善後，這種幸福感令昴的理智完全敗北了。

心想雄物總算得到解放的下個瞬間，昴啪嗟一聲當場跌坐在地上。從膝蓋以下都使不上力了。

直到此時，他才初次察覺到自己一直握著莉莉亞的角不放，所以連忙把手放開。

「昨天是小妹妹，今天連喉嚨的第一次都被昴奪走了。應該說莉莉絲之徒大顯身手嗎？有著一張可愛臉龐，骨子裡卻是悶聲淫獸呢你。」

莉莉亞一邊用舌頭舔拭嘴巴周圍，一邊俯視昴。位置關係與方才正好相反。

「嗯？啥呀？盯著猛瞧的。」

「呃，不，只是在想說師父不管從哪個角度看都是又棒又美麗。」

「……唔！」

新娘惡魔的雪白肌膚瞬間染上紅暈。由於做著裸體圍裙的打扮、肌膚裸露面積

很大之故，那個變化也更顯眼了。

「閉、閉嘴。如果以為這種程度的話語我就會開心，那你就大錯特錯了唷！明白要誇獎莉莉絲令她開心有多困難嗎？」

莉莉絲咻咻咻地揮動從腰際伸出的尾巴，漲紅臉龐瞪視這邊。

「我明明也是第一次口交的說，你卻毫不留情地插進喉嚨深處，又是盡情射出的，而且最後還握住角進行強制口交，真令人讚嘆吶。雖然我沒打算把你養成淫魔的徒弟就是了。」

是要隱瞞害羞嗎，莉莉亞有如連珠炮般如此非難。

「對不起……」

「感覺就像變成了嘴巴被撬開，將高營養價值的飼料硬是灌進胃裡做肥鵝肝的鵝呢。」

「抱歉……」

「你明白上級惡魔的角具有何種意義吧？我雖然也活了數千年，不過就算是我，作夢也沒想過有人會把我的角當成強制口交的把手吶。」

「真是萬分抱歉……」

就昂而言他甚至想下跪磕頭道歉，然而莉莉亞就在面前，所以他也沒空間這樣做。而且從圍裙裡跳出的兩顆美麗巨乳就在眼前搖來晃去，讓他無論如何都無法冷靜下來，因此——

「哎，我以前也沒想過要娶人類當夫婿就是了。其實也不怎麼生氣就是了。」

他漏聽了莉莉亞的低喃。

「而且光是口頭上道歉也沒用嘛，你完全沒在反省吧？那個是怎樣呢？」

莉莉亞視線前方是早已復活的屹立雄竿。肉莖被莉莉亞用唾液微微裹上一層膜，有如在誇耀其年輕似地雄壯聳立挺立著。

「呃，那個，這、這個是！」

「藏起來是不行的……我並沒有在生氣喔。看到新娘這副模樣還不勃起的話，那才是問題呢……呵呵，你這個色徒弟。」

看到完全復活的勃起雄物後，莉莉亞雙瞳閃出妖豔水光。

「我現在要問兩個問題喔。如果不好好回答，那我就會變成寡婦了。」

是讓丈夫，也就是昴變成死人的委婉威脅。

「是、是的！」

「啊，咳咳……欸我說親愛的，是要先吃飯，還是先洗澡，還是說……先・上・我？」

平常的莉莉亞絕對不會發出這種甜膩聲音，昂咕嘟一聲吞下口水。他還沒思考，嘴巴就搶先一步動了。

「當然是師父！」

「好回答呢。那麼，接下來的問題……這次你想要插上面還是下面的嘴巴？」

這個問題也是用不著煩惱的二選一。話說回來，連二選一都稱不上。實際上就只有後者一個選項而已。因為凝視昂的紅眸，比話語更加雄辯地訴說著莉莉亞的心願，訴說她的欲望。

「下、下面……我想插莉莉亞大人的小妹妹！」

「可以的喔。就讓你插我昨天才剛被挖通的小穴。用世上僅有你一人，僅有我夫婿才能放進去的淫答答小妹妹好好地搾汁吧……！」

遠古惡魔用舌頭舔嘴脣後，輕輕抱起昂。莉莉亞無視吃驚的新郎，踏著輕快腳步從廚房走進自己的房間。自己會直接被扔到床上吧——才剛這樣想的一秒後，莉莉亞就騎到昂身上了。

這個狀況無論如何都讓人聯想到昨天的洞房夜，昂的肉槍變得更加硬化。

「莉莉亞大人……嗚啊!!」

昂試圖起身，硬挺之物卻搶先一步刺進新娘的蜜壺。一起聚向陰莖的肉壁皺摺令他聯想到方才用口交侍奉的舌頭。

「咕……好大……啊啊，啊啊啊……!!」

突然將硬物銜進根部，莉莉亞向後仰起身軀，豐乳也略微遲一步地向上彈起。圍裙這個幾乎無法遮掩女體的存在，反而襯托出一種猥褻感。

（莉莉亞大人的裸體圍裙，好可愛……而且，色得不得了……！）

美得過火的惡魔獨獨為了自己而展現的姿態讓昴高張。他伸出雙手，有如要抬起似地揉捏師父的乳房，彷彿要鑽挖溼潤雌洞般突刺。

「呀嗚嗚嗚！啊啊，昴，不行……啊啊，啊，啊呼！」

莉莉亞的膣道變得比昨天還柔軟，然而緊縮的力道卻仍然不變，一邊有節奏地收縮一邊取悅年輕夫婿的分身。

（被這麼舒服的東西包裹著，馬上又會去的！）

就像女肉自身有學習要縮住、吸住，以及裹住昂陰莖上的某處才好似的，快樂感隨著時間俱增。

只有爆發這件事不行——昴如此強忍，然而嬌媚黏膜卻淫靡地蠕動，令少年欲火難耐。

然而，莉莉亞同樣也被快感巨浪挾持。

「呼噫，咻，呼啊啊啊嗯！嗯，啊，呼啊，嗯啊，嗚嗚嗯！」

自結合後就前後不斷搖晃腰部的莉莉亞，口中不斷發出嬌聲。那是令人難以想像到昨天都還是處女、火力十足又情色的腰部動作。

「不行，啊，啊，不行呀！嗯嗯……呀嗚，呀嗚嗯！」

然而，聲音卻像少女一樣可愛。與平時的落差就這樣轉換成對莉莉亞的憐愛之情。而裸體圍裙這項道具，也對這種情感起了推波助瀾之效。

（師父平常明明連圍裙都不穿的說，而且居然還是這種可愛的花邊圍裙！）

雖然圍裙原本就是小號的，但莉莉亞的爆乳根本不可能收納在那裡面，柔肉也大大地滿溢而出，頂多只有勉強遮住乳頭與股間的草叢而已。只要稍微一動，就能輕易窺視到女體。

「噫嗚，呼嗚，咿呀嗚嗚！嗯啊，嗯啊，腰停不下來……嗯嗯嗯……不行，昴，昴……！」

昴凝視新娘隔著圍裙揉捏沉甸甸乳房，一邊跨在自己身上扭腰的痴態。

搖晃波浪的金髮，因愉悅而陶醉的表情，被圍裙強調可愛度與淫猥度的肢體，有如在顯示快感強度般忙碌拍打著的翅膀，還有每次扭腰都會略微瞄到的金色下體毛髮，這一切都吸引了昴的目光與意識。

「不、不可以看……呼嗚嗚，色鬼……啊啊，嗯啊，啊唔嗯！」

是感受到昴的這種視線吧，莉莉亞嬌羞地染紅玉肌，然而別說是停住前後運動了，她甚至還不斷加速。當然，與激烈度成正比而得到的快樂也跟著增加，莉莉亞發出的嬌聲帶了更多的甜膩氣息。

「師父，等等……啊啊，啊啊！」

只不過就沒有餘裕這點而論，昴也是一樣的。如果剛才沒釋放在莉莉亞口中的話，應該是沒辦法撐到這邊的吧，這股舒暢感就是強烈到這個地步。

「不可能……等待什麼的，做不到……啊哈，呼唔，呼唔唔！不要，不要，胸部，被這樣揉會……噫啊，咿嗚，呼呀！」

昴也揉捏乳房應戰，然而是因為在強忍爆發之故嗎，無論如何手指都會過度用力。然而，如今的莉莉亞無法忍受這種略微粗暴的觸碰，她向後仰起身軀，甚至到了下巴指向天花板的地步，同時響起尖銳叫聲。

「咕嗚嗚……咕唔嗯，嗯唔，嗯，嗯……嗯嗯嗯！」

是被自己發出的聲音嚇到嗎，莉莉亞用手摀住嘴巴。然而，這樣完全就是反效果。美麗惡魔展露的嬌羞姿態令昴心中的某物炸裂了。

「啊噫咿咿!?啊，啊，為、何……咿啊，等一下……昴，等等，呀啊嗯！啊——

唔啊，呀嗚嗚!!」

昂有如要讓手指沉進去般用力揉捏乳肉，猛烈地向上挺腰。

「師父，師父……莉莉亞大人！」

在跨坐狀態下進行活塞運動，就算在昨天的初體驗中也已經很習慣了。因為莉莉亞總是想用自己在上面的體位。因此從昨天到現在，都是用騎乘位或是變化形的體位連結的。

（這次我想在上面！）

想把這個美麗新娘壓在下面，想一邊俯視可愛的嬌喘臉龐一邊貫穿她——這種雄性本能令昂撐起上半身，然而。

「還早一千年呢！」

「嗚啊!?」

莉莉亞不想被徒弟騎在身上，用角戳昂的額頭阻止那個企圖。

「聽好了，就這樣乖乖別動，全部都由我來動……嗯嗯嗯嗯，呼嗯，呼嗯，呼，咕呼嗯！」

再次確保了坐山姿勢後，莉莉亞有如不允許昂以下犯上般，更加猛烈地動起腰部。每次有節奏地前後搖晃圍裙下襬都會翻起來，金色三角洲地帶也因此飛進視野。

（啊，那麼淫……我的傢伙被師父的小妹妹吃著……！）

昴連眨眼都忘記地凝視自己的分身完全被密穴吞噬的光景。當然，在這段期間內他也不斷猛揉莉莉亞的爆乳，還不時捏住碰到掌心的硬乳頭。這樣做時，炙熱膣壁也會同時縮緊。

「噫啊嗯！都、都說了，你不用多事啦……啊啊，呀，那個，舒服，好舒服……嗯嗯嗯！」

莉莉亞想完全掌握主導權，昴則是想讓莉莉亞更有快感，兩人持續著淫靡的攻防競爭。

莉莉亞從單純的前後運動轉為畫圓的圓周運動，同時用手指溫柔地輕彈昴的乳頭追加攻擊。而且她還使用空著的尾巴又是撫摸昴的膝蓋又是輕戳鼠蹊部，組織出這種既凶惡又甜美的攻勢。

「啊嗚嗚！那、那邊不行……師父，等一下……等等！」

「不、不可能等的吧……咕，呼，呼啊啊啊……啊啊，受不了……你的雞雞，不斷膨脹……啊嗯，這裡……這裡……嗯，嗯，好棒……不行，我也、我也要去了……要去了……唔嗯！」

將徒弟逼入絕境的動作也引來了自身的高潮，莉莉亞將眉毛豎成八字扭動半裸身軀。莉莉亞因汗水而使圍裙貼在肌膚上的豔麗模樣，讓昴迎來這天的第二次絕頂。

「莉莉亞大人，出來了……要出來了……嗚呃……！」

昴屏住呼吸，使勁挺出腰部，在本能驅使下就這樣發射大量的白濁岩漿。

該不會連靈魂都一起射出了吧——足以令人如此心想的淒絕快感令意識遠去。然而，莉莉亞並未在射精中這種男人最無防備的瞬間停止進攻。

「射出來，射出來，再多射一些……啊啊，讓我懷孕吧，用你的精子讓我，懷孕吧……呼咿，噫咿咿！」

從包裹陰莖的肉壁皺摺收縮程度來看，莉莉亞自己無疑也在高潮中。然而就算在這種態下她仍然用屁股畫圓，向貪欲索求悅樂與小孩的種子。

（啊，啊，這是什麼？師父的小妹妹在蠕動……嗚啊，被套弄著，可以知道精液正被搾取著！）

硬環吸住龜頭，溼潤黏膜纏上肉筒，尾巴前端貼住陰囊，有如在按摩般溫柔地蠢動。這是性魔莉莉絲令男人歡愉，同時一滴不剩搾取精液的過分甜美的追擊。

「呼嗚嗚嗚，好棒，好棒……昴的，好熱喔……！」

自己搾取的精液力道與量，還有熱度令裸體圍裙惡魔痙攣。

「啊，啊，去了，要去了……啊啊，我也要去……一邊被昴播種一邊去……去

了……嗯嗯……嗯嗯嗯嗯……!!」

仰望莉莉亞用牙齒發出咔噠聲響迎接高潮的模樣一邊射精，幸福到讓人覺得就算這樣死去也沒關係。

（嗯？呃，咦？這是哈？欸欸欸？）

所以就算額頭突然竄出激烈痛楚，視野變成一片漆黑意識遠去之際，昴也不特別感到害怕。因為能被最喜歡的師父跨在下面結束人生，是昴所能想到最好的死法。

（不過這種情況可以說是馬上風嗎？還是馬下風？）

思考這種傻事後，昴的意識立刻被暗闇包圍。

5 微微的不安

是幸或不幸？昴並未馬上風。雖然睜開眼睛，大部分的視野卻被某物占據，所以他無法立刻理解自己置身於何種狀況。他也很在意有軟綿綿的物體抵住了後腦勺。

「你醒了呢，太好了。」

莉莉亞從頭而降的聲音裡滲出難以徹底隱藏的安心感。讓她擔心的愧疚感，以及她為自己擔心的喜悅同時湧現。

昴察覺到自己昏倒後，莉莉亞讓自己枕在大腿上照顧自己。放在後腦勺上的是莉莉亞的大腿，覆蓋視野的東西是乳房跟圍裙。

「對、對不起……嗚啊！」

昴打算起身，卻被莉莉亞用手指壓住額頭推回去。

「不用勉強自己，就這樣乖乖躺好。」

「是、是的。」

久違的膝枕誘惑也令昴屈服，他決定要乖乖撒嬌。

（啊，好久沒枕在師父的膝蓋上了。記得小時候很常這樣呢……嗯？）

昴因懷念與舒暢感而閉目時，莉莉亞用手指玩他的額頭。

「師父？」

「昴，你記得有跟誰結怨嗎？」

「結怨，嗎？……成為師父的夫婿，我有自信被全世界的人類嫉妒呢。」

「這、這種玩笑話就省省吧，我要直接把鼻孔跟嘴唇縫起來喔!?」

莉莉亞捏住昴的鼻子跟嘴唇。雖然因為巨大胸部而看不清楚，卻可以明白躺在頭下面的大腿略微變熱了。

「我是在說正經話唷……你心裡沒底吧？」

「噗哈！……我覺得沒有呢。」

口鼻得到解放後，昴訝異地如此回答。

「是嗎，那就這樣囉。畢竟我做了急救處理，暫時應該不會有問題才對。」

「是在說什麼事呢？」

「是我這邊的事……比起這個，應該要先在意其他事情不是嗎？這麼色的可愛新娘就在面前，該不會要說只搞一發就要收工了吧？」

「欸？啊……唔呃！」

呼吸再次變得困難，然而這回並不是口鼻被堵住，而是莉莉亞彎下身軀將豐乳放到臉龐上害的。

（啊啊，師父的氣味……！）

隔著吸入大量汗水的圍裙所感受到的柔軟度與暖和感受，讓年輕陰莖瞬間完全復活。

新婚第二天的這晚，昴跟莉莉亞直到日期變更才享用了遲來的晚餐。

使魔烏拉很期待約定一直在等候，因此兩人決定把最上等的肉給牠吃。

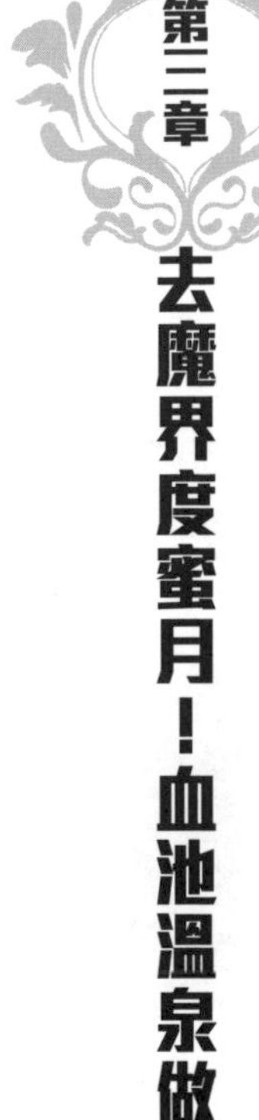

第三章 去魔界度蜜月！血池溫泉做色色的事

1 來去度蜜月

田中昂從世上消失，成為入家昂後已經過了半個月。

與莉莉亞的關係也包含在內，很多地方都出現變化，對工作的意識也是其中之一。

「昂，別留得太晚唷。就算你是主動留下工作好了，如果她覺得我硬逼你工作的話，那我可是會很頭痛的吶。欸，有在聽嗎？你的新娘真的很可怕，真的是惡魔來著。」

「我有好好跟師父說過，所以沒事的，卡塔莉娜小姐。今天我也有好好聯絡說自己正在踏鞴打工。」

「真的嗎？跟莉莉絲為敵的情況我可是不要唷？」

這名天使能瞬殺隨處可見的中級惡魔，她會如此警戒，就是莉莉絲實力超凡的證據。

「就算是師父也不會這麼不知分寸的…………大概啦。」

「最後那句話煽動了我的不安耶！」

「都、都說沒事了！而且說起來我家師父提過自己不太擅長戰鬥嘛。聽說基本上不是逃跑就是防守。」

莉莉亞以卡塔莉娜或金山這些上位天使或神明都稱讚為「等級不同」的駭人魔力為豪，但另一方面卻也沒有適合用來戰鬥的技能，至少昴是這樣聽聞的。

『我對魔力與回復力很有自信，不過要把它們釋出就不擅長了。畢竟身為惡魔的我是第一世代，或許這方面的最佳化很隨便呢。』

「這種事只是自陳報告吧!?騙人的，那個絕對是騙人的！要欺騙敵人就要先騙過自己人……不愧是初始惡魔……可怕的存在吶……就算下一場大戰開打，我也絕對要避開莉莉絲。絕對，絕對喔。」

「我覺得是妳想太多了，實際上沒什麼莉莉絲跟別人戰鬥過的傳承喔？」

「關於莉莉絲的傳承都很隨便，這你也很清楚吧？」

「啊哈哈，是呢。」

昴一邊對流冷汗的上司苦笑，一邊開始收拾東西準備回去。因為這是再不回去就有可能惹新娘不開心的時間。最近莉莉亞與至今為止不同，根本不打算隱藏她的過度保護。

（明白她真的很重視我雖然開心，不過為了讓她再更信任我一點，我也得努力才行。）

昴雖然反省自己的不可靠，對莉莉亞過度擔心自己一事卻完全不感到厭惡。

「對了對了，關於你說過的那個魔具，我大致計算過強度唷。至少也要有這樣才行，如果可以的話要做到這樣，理想的話希望能做到這種程度呢。」

昴收好自己的工作桌後，卡塔莉娜朝他遞出一張便條紙。

「……真的假的啊，這個數值，還有材料跟估價。」

「真的，真到不能再真。話說在前頭，這個幾乎是原價喔。一般而言這邊會加上手工費還有利潤，所以會比這個再多出一倍喔。」

「用我的時薪計算，還得再存十年呢。」

「讓有錢太太出如何？畢竟這原本就是要給莉莉絲用的魔具。」

「明明是要送師父禮物的說，不能從本人那邊拿費用……」

「哎，這樣說也是呢。畢竟一般來說它就先稀有到根本沒見過吶。而且，就算運氣好拿到材料，要加工也是很累人的呢。」

「我做不到嗎？」

「嗯，花時間仔細弄的話，不是做不到吧？畢竟昂有雙巧手嘛。我或是店長也幫忙的話就沒問題了。」

「那就萬分拜託了！」

昂對可靠的上司低頭行禮。

「嗯，我就給你拜託。別看我這樣，人家畢竟是天使嘛！」

比剛才還深地再次低頭行禮後，昂走向店的出口。

「啊，對了，我說過從明天起打工要請假吧？」

「嗯，是新婚旅行吧？唔呵呵呵，好好享受囉。回來後我會一五一十地問你的。唔呼……啊，昂。」

浮現淫魔般笑容的天使叫住昂。

「如果有時間的話，在蜜月地點找看看材料如何？運氣好的話，或許會找到一個唷？」

「要用下次的連假去魔界跟天界喔。」

這次旅行的提案人是莉莉亞。

「因為我得向熟人報告自己娶昂為夫了呢。不好好通知他們的話，事後會被抱怨的。」

「明白了……不過我是人類，能去魔界或是天界嗎？果然還是得先被殺死一次才行嗎？」

「你無論如何都想讓我殺掉自己的徒弟嗎？我沒意思要當寡婦唷？之後也永遠沒有呢……像我這樣的惡魔，這種程度輕輕鬆鬆啦，小事一件。」

向莉莉亞的朋友跟熟人報告結婚的事，這是向昂說明的旅行理由。

然而除此之外，莉莉亞還有第二個目的。不如說這邊才是重點。

（當下雖然沒問題，不過畢竟有狀況發生就不妙了。昂被危及的情況，就算只是萬一我都不允許。）

先前，昂在射精後曾突然失去意識。

當初莉莉亞還以為是太舒服所以暈過去，但她卻從昂身上感受到疑似詛咒的負面波動。目前雖然威力不大，不過為了小心起見她還是進行了對策。

雖然想完全解除詛咒，不過那術式就連莉莉亞也不曉得，因此現在只能採用抑制術式啟動這種治標不治本的方法。

（只要去魔界或是天界，或許就能找到對策，或是對我的昴做出這種舉動的傢伙的情報。既然敢對莉莉絲的愛徒兼丈夫出手，就別以為會沒事……！）

是莉莉亞的處置奏效嗎，在那之後昴並未發生異變。莉莉亞不著痕跡地試著問過本人，在健康上似乎沒有問題。

收集與這些問題有關的情報是第一個目的。

（畢竟好久沒回鄉了，要去哪裡才好呢。而且我也得想想會讓昴開心的觀光景點才行呢。不讓他對我的故鄉有個好印象，之後會很頭痛的，因為對昴來說那邊也會成為故鄉。）

旅行另一個目的就是，單純做為休閒旅遊。是新婚旅行，也是蜜月旅行，在莉莉亞心中這邊才是最大的目的。

莉莉亞懶散地躺在客廳，認真地確認魔界跟天界的觀光手冊。

光是想像跟昴的蜜月旅行，臉頰就擅自放鬆，尾巴也咻咻咻地搖擺著。

（昴呀，成為我的良人的自覺還不夠，得利用這次旅行盡量建立他的自信才行呢。）

2 歡迎來到魔界

「哇塞……！」

被莉莉亞拉著手通過聯繫其他世界的門扉後，昴瞪大雙眼。

剛踏進魔界一步，肌膚就立刻感受到其他世界的氣息。

眼前的光景與事前的想像截然不同。

而且，連接人類世界與魔界的入口竟然就在從自宅徒步數分鐘就會到的場所，這個令人驚愕的事實也在昴心中混雜為一體。

「你現在露出很奇妙的表情呢。哎，雖然怎樣的表情我都喜歡啦。」

莉莉亞如此說道，她身穿讓人覺得接下來就要出席派對般的正式連身晚禮服。與平時不同，金髮輕輕地盤起，令人感到新鮮。

「有太多事讓我吃驚，所以不知該如何反應……從師父這位世界第一美女的角度來看，我想自己的表情是很怪吶。還有，被這麼美麗的人說喜歡實在太幸福，感覺心臟都要停住了好可怕。」

「別一臉認真地說這種話。」

「雖然我也不懂師父為何事到如今還害羞就是了。」

美麗到會被誤解誘惑過亞當跟撒旦的惡魔，為何會因為這種程度的讚美就面紅耳赤，昴完全無法理解。

「就是連這種程度的事都不懂，才會愚蠢地誤解會被我殺掉唷。」

莉莉亞瞪向這邊，她到現在還對求婚誤會事件耿耿於懷。然而銳利視線立刻就變柔和了。

「那麼，初次造訪的魔界如何呢？跟我說的一樣，跟人類世界沒什麼不同吧？」

「是的。」

除了天空略帶紅色外，與人類世界幾乎一樣，這個事實令昴打從心底吃驚。就這幅光景而論，即使說這裡是數十年前的歐洲地方都市昴也會信，他也覺得自己好像在欣賞古老西洋繪畫中的街景。

「雖然居民完全不同就是了。」

略帶赤紅的天空上有長翅膀疑似魔族的人物（？）正在飛行，在廣敞道路上往來的馬車是由全身帶有火焰的巨大動物拖行的。

「那個是這裡的馬唷，除此之外也有雙頭馬呢。之後我帶你去這裡的動物園，那邊也有交流廣場喔，好像可以餵飼料的樣子。我沒去過，所以不太清楚就是了。」

「欸，交流嗎……」

說到魔界動物，腦海中只能浮現出怪物，昴只能想像出自己變成飼料遭到捕食的情境。

「沒問題的，從天界或其他世界前來的觀光客很重要，所以這些方面做得很確實唷。不會做出加害重要搖錢樹的愚行吶。」

「魔界也很精打細算呢……」

「不管是哪邊都一樣喔，畢竟天界也是半斤八兩……我推薦的是騎馬體驗唷。有適合初學者的無頭馬，好像很順從呢。」

「聽起來很可怕耶!?」

「啊，不過獨角獸不行唷。我呀，處女膜因為某人之故被消滅變得不是少女了，會被討厭的。」

莉莉亞瞇眼一笑，意有所指地望向昴的股間。

「請、請不要說這種話！」

「什麼嘛，打算當成沒發生過嗎？強行奪走數度跨越千年的傳說級純潔後就想逃跑，我可不允許喔，就算逃走我也會追上去的。」

「不會逃的啦！……真的能看到獨角獸（RX-0）嗎？」

無頭馬先放到一邊，一角獸——獨角獸相當吸引昴，因此他試著詢問，然而。

「沒有的唷，動物園裡。要飼養那種難搞的生物是不可能的不是嗎？有專屬處女的話就另當別論吶。」

莉莉亞用一副「你在說啥啊」的表情望向這邊。

看樣子她似乎只是為了取笑昴，才拿獨角獸當梗的。

（師父今天興致真好……是因為很久沒回家鄉了嗎？）

這裡完全沒考慮到莉莉亞跟自己一起旅行才這麼開心，就是昴之所以是昴的理由。

「動物園也有附設水族館喔，那裡漂浮著有如惡魔將人類世界深海生物重新設計過的生物，好好期待吧。也有跟觸手互動的專區唷。」

「敬謝不敏！」

「啊啊，昴不喜歡自己上，而是喜歡看我被觸手襲擊呢。這個色徒弟。可以的喔，我會先調查好觸手的操控方式，畢竟回應良人的小眾興趣也是妻子的愛心嘛。」

「請不要擅自捏造我的興趣啦。」

「哎呀，完全沒興趣嗎？我被淫獸觸手襲擊的玩法。」

「……沒、沒有。」

回答之所以略微遲緩，就是因為昴想像了一瞬間莉莉亞的這種不檢點模樣害的。

「呵呵，你的想法真是欲蓋彌彰呢，這樣才是淫魔莉莉絲的色徒弟唷。」

「要說我色徒弟還是什麼都無所謂了……」

領悟到繼續講下去只會自掘墳墓後，昴為了改變話題而再次環視四周。

（欸！）

他發現有魔族（背上長著蝙蝠般的翅膀）一邊玩手機一邊走在沒有鋪面的道路上，在各種意義上受到了打擊。

（魔界，收的到訊號……）

明明是在家裡有惡魔的環境中長大的，自己不知道的事卻還是跟山一樣高。昴痛切地體認到這個事實。

「當然也有你想像中的那種，一看就很像魔界的地方就是了。不過就算去那種地方也不有趣嘛。」

是對徒弟的反應感到滿足嗎，莉莉亞心情很好地露出微笑。自從決定要去旅行後，不論昴怎麼詢問跟魔界有關的事情，莉莉亞都只說是「祕密」顧左右而言他，就是為了像這樣讓昴大吃一驚吧。莉莉亞身上就是有這種孩子氣的地方。

（師父不管露出怎樣的表情都很美麗，不過笑的時候果然還是最棒的呢。）

繼魔界光景之後，這回昴的視線緊盯在莉莉亞的笑容上。

「呵呵，是怎麼了？我臉上沾了東西嗎？」

「……這是明知故問呢？」

「算是啦，畢竟你立刻就會把情感表現在臉上嘛。關於這點今後也請你務必不要改進，就這樣維持，因為在很多層面上都會幫到忙的……那麼，先去旅館吧。」

會把情感表現在尾巴上的貌美惡魔用手臂挽住昴，胸部也理所當然地壓了過來。今日的服裝比平常還要低胸，昴的耳朵因此變得更熱了。

「雖然跟你剛才的臺詞不同，但為何事到如今還會因為這種程度的肌膚接觸而害羞呢？我的胸部從以前就被你玩得亂七八糟的說，就連昨晚也——」

「要、要怎麼去旅館呢？走路嗎？」

「走路我才不要呢，畢竟這附近的路沒有鋪面，而且今天我可是穿這種鞋子唷？如果你肯對我公主抱的話，那要走路也行就是了。」

莉莉亞暫時離開昴，在原地轉了一個圈給他看。明明穿著她稱之為「這種鞋子」的高跟鞋，動作卻是完美無缺。

比真金更加光輝的金髮美麗地搖晃波浪，漆黑連身禮服輕盈地飛舞，大膽裸露而出的大腿白皙地令人眩目。

「……唔！」

「呵呵，看到入神了？重新迷上我了？」

「是、是的……打從初次見面，我就一直對師父很著迷就是了。」

「咕……你時不時就會使出這種反擊……！刺拳挨多了也是會倒下的呢？哎，雖然我早就被昴擊倒，躺平在名為戀愛的地墊上就是了。」

「噗！」

莉莉亞用手指玩著略微弄捲的金髮，一邊將白皙臉頰染上淡桃紅色，一邊凝視這邊。用這副美貌略帶羞赧地朝這邊丟出那種直球臺詞實在惡劣，昴覺得這或許也是莉莉絲擁有的技能。

「啊啊不過，記得在床上我連一次都沒容許你騎在上面吧。基本上都是騎乘體位，或是我會在上面的體位就是了。」

「師、師父也使出了反擊不是嗎！用黃段子進攻太詐了。」

「淫魔不使用黃段子是要怎樣啊。你看嘛，以前不懂男人時還會有點心虛，現在我可是平安無事完成貫通的人妻唷，能毫不客氣地開黃腔真開心呢。」

是嘴炮打贏昴很開心吧，從連身禮服伸出的翅膀跟尾巴心情很好地搖晃著。

「嗯？喂，快看，那個是莉莉絲大人不是嗎？」

「真的假的⁉不是長得像⁉」

「呀！莉莉絲大人！」

道路另一側的年輕魔族（額上長著角），似乎察覺到是莉莉絲本人而發出歡呼聲。

「呵呵，受歡迎的人真辛苦呢。」

惡魔始祖莉莉絲優雅地揮手回應他們。

「以前不是說過討厭別人起鬨嗎？」

「只是討厭擅自捏造莉莉絲的形象又硬塞給我的那群傢伙罷了。如果對方有好好理解真正的我，那就另當別論了。」

古老惡魔對於來自人類的毀譽褒貶已經體驗到不想再體驗的地步，這番話語也因此分量十足。

「昴並不需要感到歉意，說起來也沒人比你更瞭解真正的我。畢竟你如同文字所述瞭解赤裸裸的我嘛。」

「又、又說這種事……啊啊，不過也是呢。在那邊用崇拜眼神看著師父的人們，連想都沒想過大惡魔莉莉絲居然是個家裡蹲，平常只會懶洋洋地躺在自己家裡，一邊玩手遊瘋狂課金呢。」

「要把自己的錢用在什麼地方上面是我的自由吧？你從以前就很小家子氣呢。就算大方的我給了一大堆零用錢你也完全不碰，要有那種把我當成ＡＴＭ女的豪氣啦。」

「這種惡魔行徑，我做不到……」

「惡魔的徒弟在講啥啊。而且呀，你應該多向我撒嬌喔，應該要讓我寵你才對喔。」

「把我撿回來養，就已經相當寵我了吧。」

「不對，我說的是身心都依賴我的那種級別的撒嬌唷。我想讓你沒骨氣到沒我就活不下去，用看不見的鎖鍊將你連同靈魂綁在身邊喔。因為只有我非你不可很不公平嘛。」

在日常生活等級上依賴著徒弟的惡魔始祖表情認真地說道。

「覺得不公平，就請改善自甘墮落的生活……而且，我早就被綁在師父身邊了不是嗎？」

「欸？我還沒試過施加隱影術的鎖鍊耶？」

「不是在講物理層面的事！今後也請您別嘗試！……我、我啊，覺得自己跟莉莉亞大人之間有師徒跟家人的羈絆聯繫著呢。」

昴強忍害羞，一邊目不轉睛地凝視莉莉亞。

「是呢，是師徒也是家人，而且也是夫婦，有著很深的聯繫呢。昨晚也在物理層面上深深地聯繫著，具體地說——」

「黃段子已經夠了！快點去旅館吧，師父！」

「是是……那麼昴，從這邊到旅館為止，你就用抱的把我帶過去吧。沒事的，因為沒那麼遠。」

「唉……明白了。好了，上來吧。」

就算在自己家中，莉莉亞偶爾也會表示「全身無力不想動，光是呼吸都好麻煩」，然後叫徒弟把自己從客廳背到寢室，所以昴跟那時一樣蹲到莉莉亞面前。

「誰叫你用背的啊？抱的，用抱的。忘記現在正在度蜜月嗎？覺得面對新娘，有除了公主抱以外的選項嗎？」

唉唉——刻意發出嘆息後，莉莉亞伸長雙手。她似乎真的打算讓昴公主抱。眼眶周圍微微泛紅，感覺像是她自己說出的話語有些害羞。

「是說真的嗎？」

「你該不會打算拒絕吧？想變成魔界的土嗎？」

昴被去死的同義語最新版本威脅。

「我對體力沒信心吶。」

「沒問題的，身為莉莉絲的我每晚都黏著你，讓你又是猛撞又是被猛撞地鍛鍊，所以下半身的肌力跟持久力應該都增加了。」

莉莉亞一邊賊笑，一邊用雙臂環抱昂的脖子。

「對我感恩戴德吧，除了增強體力外，連床笫技巧都把手把腳把腰地教給夫婿的溫柔師父，普天之下也只有我了吧？」

都說到這種程度了，根本不可能拒絕。

做好覺悟後，昂抱起這世上最美麗的惡魔。一邊聽著方才那些惡魔發出歡呼，昂一邊邁步走向今晚要住宿的旅館。

「加油吧。好好流個汗，更能享受今晚的餐點跟溫泉唷。」

「只要有師父在，不管是哪裡我都很開心就是了。」

「這、這種話等到床上後再說，看招！嘿！」

莉莉亞一邊用角輕戳昂的臉頰，一邊讓身體朝這邊貼得更緊。

3 血池溫泉

莉莉亞抵達了血池溫泉這個魔界屈指可數的療養地，一進入預約好的純和風旅館後她就換上浴衣，接著坐上沙發給老朋友打了通電話。

把莉莉亞抱來這裡後，昴趴倒在她面前。因為公主抱比想像的還要舒服，害莉莉亞故意讓昴繞遠路所以體力用光了吧。難受的喘氣聲傳入耳中。

「嗯嗯，是我喔，莉莉絲的莉莉亞唷。我現在來這裡度蜜月呢，所以想介紹我的夫婿給妳認識，而且也有一件事想問妳，所以賞個臉吧。沒錯，就是前陣子傳電郵商量的那件事。」

通話對象是從紀元前就有所往來的惡魔。莉莉亞拜託對方針對施加在昴身上的詛咒進行調查，結果似乎查明了些什麼。

「不愧是妳呢，幫大忙了。我會給妳日本的美味甜點當謝禮，明天中午前過來拿吧。因為下午我要跟達令去動物園約會，禁止遲到喔……那就明天見。」

莉莉亞講完事情掛掉電話後，還無法起身的昴露出欲言又止的表情。

「怎麼了？」

「呃，只是魔界能很普通地使用電話讓我很吃驚而已。」

「也能看衛星電視唷，雖然快到滿月時雜訊會變多就是了。」

「就像下雨畫面會亂掉那樣呢。」

「手機的訊號也比人界弱唷。空中的訊號比較強，所以訊號不佳時飛上天可是魔界常識。」

「我心中對魔界的印象正以駭人的速度崩塌中……」

「百聞不如一見嘛……那麼，你是要睡到何時呢？人類真脆弱呢，果然我不跟著你是不行的。」

心情絕佳的莉莉亞讓昴穿上房內準備的浴衣，她脫人衣服很行，卻不是很會替人穿衣服，所以穿得相當隨便。

「也行啦，反正馬上就脫掉了……還有一些時間才到晚餐，先去泡溫泉吧……嘿咻。」

莉莉亞將昴有如行李般扛上肩膀來到走廊。徒弟吵吵鬧鬧地表示可以自己走，但她當然是無視了。

「魔界溫泉的效果很強大，稍微泡一下立刻就會恢復喔，特別是這裡的旅館呀，就算在魔界也是少數內行人才知道的祕湯唷。」

「在魔界只有少數內行人才知道的祕湯……是超稀有溫泉這件事總之我是懂了。」

「呵呵，是吧？這家旅館的溫泉的厲害之處呀，就是它混入了火蜥蜴的鮮血唷。以前魔界到處都有火蜥蜴，不過這一千年的亂捕亂抓讓牠們數量銳減，如今好像只有這附近才有唷。」

「火蜥蜴？欸？鮮血？欸？欸？」

「日本人也會喝鱉的鮮血不是嗎？差不多的東西囉。」

「那個不會有事嗎？是我這個人類泡進去也沒事的東西嗎？」

「只會稍微有點刺刺麻麻的而已啦。如果是原液的話身體會溶化，不過那個應該大量稀釋過了才對。」

「溶化!?請、請等一下師父……師父!?」

「比起那種事，請你好好地叫名字，這可是新婚旅行喔？是蜜月唷？我要把你帶來的衣服全部灑上火蜥蜴的鮮血原液，讓它們全部溶掉唷？全身赤裸哪兒都去不了，只能兩個人關在旅館裡也行嗎？會一整天都沉溺在肉欲之中的喔？……啊，雖然是自吹自擂，但這個主意或許還不錯。」

「明、明白了，請不要陸續開發出新的威脅用語，莉莉亞大人。」

「大人也是多加的吶，直呼名字吧，就像最初那晚一樣。」

「……請再多給我一點時間。」

「只有一點點喔？……就是這裡呢。」

抵達脫衣間後，莉莉亞從肩膀放下夫婿。是雙腿還使不上力嗎？在昴還搖搖晃晃時，莉莉亞就動作迅速地剝下剛剛才替他穿上的浴衣。莉莉亞也同一時間變成全裸模樣，接著再次將昴扛上肩膀，從脫衣間走向溫泉。

「師父……不對莉莉亞大人，停，停！」

「幹麼呀，別在我耳邊吵鬧……啊啊，沒事的，這裡是混浴。」

「這裡是混浴嗎!?還是露天的嗎!?不行的啦，這種事！」

「事到如今你是在害羞啥呀？」

「不是這樣的！」

「……啊啊，是這麼一回事嗎？」

看到在自己肩膀上慌張的徒弟後，莉莉亞有所察覺。貌美惡魔用尾巴前端啪啪輕拍昴的臉頰，一邊咧嘴笑道：

「放心吧，我包場了，而且也布下結界，從外面是看不到的。」

「欸？」

「真是的，你這夫婿獨占欲還真強。你到底有沒有欲望，實在很難看懂呢。」

不想讓別人看見自己這身肌膚的想法讓莉莉亞很開心，她再次用尾巴輕撫愛徒的頭。

「景致不錯吧？這可是海景唷？」

「……這景致是很厲害呢，雖然我知道的海景完全不同就是了。說起來這也不是海洋，而是池子吧？」

從肩膀被放下後，昴對眼前的光景瞪圓雙眼。

粗糙岩石裸露而出、野趣橫生的天然溫泉周圍，啵啵啵冒泡沸騰著的赤紅色池子散布四處，也就是所謂的血池。

「血之海，很美不是嗎？你看，也能看到星星呢，很浪漫吧？」

日落將至，月亮與星辰漸漸現身在略帶紅色的天空上。

「這邊連月亮都是紅色的呢……不過，的確很美麗。雖然在師父面前，月亮跟星星都只能當陪襯就是了。」

「能像夢魔一樣輕易讓女人發情，這正是莉莉絲的徒弟呢。」

所謂的夢魔，跟魅魔一樣是跟莉莉絲譜系相連的男淫魔。

「哇啊，莉莉亞大人？」

被莉莉亞從身後緊擁，昴的耳朵變得有如血池般鮮紅。莉莉亞用豐乳壓迫背部，用金色柔毛磨蹭臀部誇獎愛徒。她越過肩膀窺視昂的股間，確認年輕肉竿早早翹起挺立的模樣後，她嗯嗯嗯地點頭。

（就這樣做色色的事雖然也不錯，不過難得包下了露天溫泉，不再多親熱一下很浪費呢。）

畢竟之後還有大量使用魔界自豪食材的特製晚餐等待著（當然都是看準了強精壯陽的效果），所以深夜後才是重頭戲。因此莉莉亞強忍想要當場推倒昂的心情，先將他帶進溫泉裡。

「好了，進來吧。啊啊，別擔心。跟周圍的血池不同，這裡真的是普通的溫泉。」

「不行的喔，泡進浴池前要先沖洗身體才行……嗚哇！」

連這種時候徒弟都很囉嗦，莉莉亞將他一把抱起，就這樣浸入熱水中。

「你太在意小事了，反正我們都包場了。」

「是師父太隨便了。」

「不過，包含這種地方在內你都對我很著迷吧？」

「……是的。」

「坦率很好……水的熱度如何？會不會燙？」

「是的，剛剛好。」

「裡面摻了火蜥蜴的血，沒問題吧？」

「有點刺刺麻麻的，不過沒事。」

「是嗎，太好了。成分會直接滲進肌膚，效果很棒唷，好好期待吧。」

會有怎樣的效果，又要期待些什麼才好就先不提了。

「喔……對了，那個，這個浴池不會太深了嗎？」

「畢竟魔族種類五花八門嘛。為了讓身軀龐大的種族也能輕鬆舒適地泡溫泉，所以到中間會變深喔。這裡……差不多有五公尺吧？」

「五公尺!?欸！有這麼深嗎!?」

由於摻雜著火蜥蜴血之故，溫泉水的顏色又紅又混濁，無法看到底部。

「啊啊，我忘了說。這裡的溫泉水不會讓身體浮起來，所以要小心。我把手放開的話，你肯定會溺死的。」

「為何來到中間後才說呢!?還有，為什麼師父不會沉下去!?」

「因為我用了魔力嘛。也就是說，如今掌握昂生殺大權的人是我……明白這番話語的意思吧？」

「……換句話說，要我被師父從後面抱著，就這樣泡溫泉吧？」

「因為你最近完全不跟我一起洗澡嘛。」

「其實只有最初那時而已不是嗎，跟師父一起洗澡的事。」

「打從那時起，昴就會偷瞄視姦我的胸部呢。像是活用小孩子特權揉捏乳房啦，或是吸乳頭愛撫之類的。」

莉莉亞一邊懷念兩人最初開始一起生活時的事情，一邊使勁用胸部壓向昴的背部。花費十年光陰成長的雄壯背部令她欣喜。

「請、請、請不要說會讓人誤解的話！」

「揉我胸部是事實吧？吸它也是事實吧？」

「啊嗚……」

「剛收下你的那時，你明明像撿回來的小動物那樣戰戰兢兢又怯生生，對我的胸部卻是充滿貪念又毫不客氣呢。」

「沒沒、沒到那個地步！」

「沒關係，不用裝表面工夫的。畢竟在莉莉絲至高無上的胸部面前還能平心靜氣的話，那樣我反而困擾呢……當時我是這樣想的唷，就算是不曾射過精，連毛都沒長的八歲小孩，男人還是男人呢。」

「嗚嗚嗚。」

看樣子昴似乎也多少記得當時之事，因此罕見地沒對莉莉亞的取笑做出反駁。

有如要向平時種種還以顏色般，莉莉亞機不可失地接連說出昴年幼時的羞恥小故事。

昴無法反駁也逃不了，只能乖乖被莉莉亞緊擁忍耐這一切的模樣可愛到不行。

（不妙，現在的昴好可愛。亂可愛一把的。lovely，忍不住了，想侵犯他，想弄哭他。）

莉莉亞粗著鼻息，用尾巴跟翅膀又是輕戳又是輕搔良人的腳底或是乳頭等部位。

「嗯，啊，師父，快住……嗯嗯嗯！」

不但被別人從背後牢牢抱住，而且一旦逃走就會溺水，因此昴只能拚命忍耐。

當然，對溺愛徒弟的莉莉亞而言，這副表情就是最好的招待。

「被溺水的恐懼威脅的昴也讓人受不了呢。這個也叫做溺愛嗎？哎，雖然我早就溺水就是了，深陷在我對你的愛意中。」

惡魔始祖一邊張嘴輕咬昴的後頸，一邊享受徒弟的反應。

「欸欸欸，亂動會很危險喔？把身體更加靠向我。沒事的，只要交給我就絕對安全……欸？」

在不抓住某物就會沉下去溺水的這種情況下，要將一切託付給他人是很困難的事情，而莉莉亞也明白這一點。所以當昴真的將身體託付給自己時，她吃了一驚。明白昴完全放鬆委身於自己時，她甚至開心到尾巴筆直伸長的地步。

「你、你還是一樣不重視自己的性命呢。只要我稍微放手，你肯定就會溺死的唷？明白嗎？」

「因為我已經知道師父是不會殺我的了。」

「……被說這種話，我不就不能故意稍微放手看你慌張的模樣了？」

只有這點令莉莉亞感到有些遺憾。

一旦習慣後，這裡的溫泉就是最棒的。

（啊，好像在天堂……雖然這裡是魔界吶。雖然眼前是一片血海就是了。）

是火蜥蜴血，或是溫泉本身的功效使然呢，全身泡得暖烘烘的相當舒服。另外，從後方穩穩抱住自己的莉莉亞的柔軟觸感也教人難以抗拒。碰到背部的堅挺觸感真面目為何，昴決定不去思考這件事。

「這麼一說，還是第一次像這樣跟你出遠門呢。」

「因為我家的師父是家裡蹲嘛。」

「如果你拜託我，要我跟你一起去旅行的話，我並不會拒絕唷？」

「因為我不想提出任性要求被師父討厭。」

「昴體貼的方向有誤呢，所以才會對這種絕世美女的求婚產生誤會喔。真虧你可以誤會成那樣呢，令人佩服吶。」

「要、要用那件事責備我到何時……？」

「至少要到你直呼我名字為止。」

後腦勺被角輕戳。

「久違地跟師父……莉莉亞大人一起泡澡，讓我想起了很多事呢。」

大人是多餘的喔——這次是用角的前端輕搔後頸。

「以前明明是叫莉莉亞姊姊的說。」

「那個真的只有最初那時而已不是嗎？」

「我連一次都沒強迫你當徒弟喔？是昴擅自要拜我為師的不是嗎？」

「因為……我想替莉莉亞大人做一些事報恩嘛……」

昴剛被接過去時，費盡心力想到的報恩手段就是，成為徒弟支撐大惡魔莉莉絲。

就算收普通人類為徒也沒任何好處，不如說還得費工夫培養——現在昴當然明白這個道理，但昴當時還年幼所以並未考慮到這個地步。

「對不起，給您添麻煩了。」

「並不會。反正我很無聊，也算是打發時間的好方法呢。而且你以嫡傳弟子的身分替我做家務真的幫了大忙唷。」

「我認為莉莉亞大人最好再多在意一下自己身邊的事。」

「把你養得跟囉嗦姑姑一樣真的很失敗，我有在反省唷。」

「反省的地方錯了。」

「真奇怪呢，我應該很寵溺你的說，為何會變成這樣呢？明明計畫把你教養成跟我這個師父一模一樣的廢柴，然後兩人懶洋洋地過著自甘墮落的生活說。」

「訂、訂下了這種計畫嗎？」

「想不到居然會以我為負面教材成長為老古板，就算是莉莉絲大人也是始料未及喔。」

背後傳來唉……的深深嘆息，她似乎真心感到後悔。

「並不是負面教材啦。剛開始一起生活時我什麼都不會，師父不是替我做了很多事照顧我嗎？當時我就這樣想喔，想說長大後我要照顧莉莉亞大人這樣……知道您是家裡蹲時，確實覺得很打擊就是了。」

「我不是家裡蹲喔，是積極且主動地拒絕與外界接觸而已。」

用認真至極的表情說著藉口，莉莉亞一邊緩緩從露天溫泉的中央回到邊緣處。

雖然不覺得莉莉亞會讓自己溺水，不過到了腳可以踩到底的淺度果然還是讓人鬆一口氣。

「而且，有時候我也會外出不是嗎？家長面談時我也有去啊。」

「是的，感激不盡。」

就算角跟翅膀還有尾巴能用魔法隱藏，莉莉亞卻是拿美貌沒轍，因此她每次前來學校面談都會引發大騷動。同學當然用不著說，就連教師都對昴問了一大堆他跟莉莉亞之間的關係。

「有好好地聯絡學校吧？你入贅我家的事。」

就算腳踩得到底，莉莉亞仍然緊緊擁著昴，一邊磨蹭臉頰一邊如此詢問。

「通知了喔。雖然通知了，卻造成很驚人的騷動。就算到現在還是被八卦東八卦西的。」

昴的監護人是不得了的金髮美女——這項情報已為眾人所知，騷動也因此變得更大了。

「呵呵，不過，被旁人瞎起鬨感覺有點爽吧？畢竟身為男人娶了這麼美的人當老婆嘛。」

「……是的。」

「很老實，不錯。」

滿足地微笑後，莉莉亞啾的一聲輕吻臉頰。柔軟唇瓣的觸感讓原本就已經被溫泉泡暖的臉龐變得更紅了。

「嗯？快泡暈頭了？嘿咻。」

莉莉亞暫時從溫泉中起身，抱著昂就這樣坐到露天浴池的邊緣處。這副模樣就像坐在莉莉亞大腿上似的，背上是豐滿乳房，屁股上則是緊貼著柔軟大腿與溼答答的下體毛髮。

「什麼嘛，臉變得更紅囉？」

「請、請把我放下來！」

「有什麼關係嘛，以前我很常這樣抱你吧？」

「是、是沒錯，不過現在以前不一樣了！」

「哎，的確，跟以前不一樣呢。主要是雞雞那邊。」

手從後方伸過來，握住一直硬挺著的陰莖。同一時間，脣瓣與舌頭也開始爬上肩胛骨四周。

「雖然打算吃完晚飯後再享用你的這個……不過這樣下去你走不回房間吧？話說回來，有辦法忍到晚上嗎？」

莉莉亞用手掌裹住龜頭柔和地來回輕撫，一邊提出早就知道答案的問題。

「做、做不到的……啊啊，那、那種摸法，不行的啦……嗚啊！」

經驗值明明跟昴一樣，莉莉亞的觸碰卻是絕妙無比。是淫魔擁有的技能使然嗎，昴本來就已經很脆弱的理性被急速融化了。

「想要我怎麼做，清楚地說出來吧，昴。想用這根硬邦邦的雞雞，對誰的哪裡怎麼做呢？說出來吧，呵呵呵。」

忍耐這個選項打從最初就不存在。

「想插入……請讓我……插莉莉亞大人的，插莉莉亞的小妹妹……！」

4 沉溺在巨乳中

（居然在這個節骨眼上直呼名字……真是拿你這夫婿沒轍呢。雖然沒關係就是了，雖然還不賴，不對，是非常開心！）

莉莉亞吸回不小心流下的口水，一邊跟昴交換身體的位置。這次昴坐在浴池邊緣，莉莉亞則是有如在他腰部跨坐般地抱上去，是面對面體位的形式。

只不過，現在還沒插入。有如要吊肉筒胃口似的，她用吸滿水氣變得有如毛筆般的金色祕毛輕搔它高高翹起的後側。

「唔啊……呼嗚嗚！」

在這世上最美麗也最淫靡的筆尖輕撫下，少年因快感而發出呻吟，這讓莉莉亞眼瞳閃出妖豔光輝。淫穢的期待讓尾巴止不住搖擺，發出咻咻咻的聲響。

（昴真是的，真的用很棒的表情跟聲音嬌喘呢。畢竟是難能可貴的蜜月，今天就讓我一邊凝視這張可愛臉龐，一邊好好搾乾你……♡）

用雙手固定頭部，雙腳牢牢夾住胴體後，莉莉亞終於要把腫脹雄物插入膣內。

（呃，用這個角度，應該可以吧？）

至今為止總是在昴平躺的狀態下交合的，因此對莉莉亞而言也會是初次嘗試這個體位。數度調整腰部角度後，莉莉亞緩緩品嘗起漫長人生中初次進行面對面體位的瞬間。當然，在這段期間內視線也沒從昴臉上移開過。

（啊啊，好棒……好棒……一邊看著達令的高潮表情，一邊讓小妹妹被刺穿，讓人全身起雞皮疙瘩呢……啊，這個就是排卵嘛……！）

被一起入浴那時完全沒得比的雄壯陰莖貫穿，這種興奮感讓長在背部的翅膀大大地展開，啪沙啪沙地拍動著。

從挺立雄物緩緩推開膣道的硬度與熱度中，莉莉亞也能明白昴也對初次進行的體位感到亢奮，更何況那副陶醉表情也傳達了他的悅樂。

「如、如何？這就是你想要的新娘小妹妹唷？」

「嗚啊，莉莉亞大人的裡面，實在是太爽了！」

「……唔！」

「唔姆呼!?」

為了逞戒再次叫「大人」的夫婿，莉莉亞把昴的臉龐埋進自己胸部的谷間。目的不是為了讓他享受胸部，而是要令他窒息。然而，昴卻在此時展現出意想不到的反應。深深插入莉莉亞體內的陰莖變得更加硬挺了。

（咦？等一下，為什麼會在這裡感到悅樂呀！很難受的吧？我現在明明是真心要讓他窒息的說！）

當然，莉莉亞頂多持續個幾十秒就打算放過昴。而且，她會命令氣喘吁吁的徒弟再次直呼自己的名字，就是這種作戰計畫。倘若仍是不從，這回就用深吻讓他窒息，她採取了這種二段式策略。

（這下子……要改變預定計畫了。）

莉莉亞再次明白這名少年有多喜歡自己的奶子。驚訝與無言，還有強上數倍的欣喜令赤裸身軀顫抖，尾巴搖擺，媚黏膜蠢動。

「真是的，就算過了十年，昴好像還是喜歡胸部呢。你會跟我走，該不會只是被胸部釣上吧？」

這句臺詞沒有責備昴的意圖，只是要取笑他而已。因為面對心儀對象時，每個人欣賞或是喜歡的地方都各有不同，而且這一點對非人者來說也一樣。

（飽滿的額頭真叫人受不了——也是有這樣主張而愛著人類的龍族呢，執著於惡魔胸部的昴算是可愛的了。）

契機這種事怎樣都行，初始惡魔如此心想，畢竟莉莉亞會收留昴也只是一時興起罷了。然而託了這麼做的福，莉莉亞才能瞭解如何去愛人，才能得到被他人思念的幸福，才能像這樣與人類少年成為夫妻。

「不不、不是的！因為我想被師父、被莉莉亞這樣的美女殺掉！」

「能肯定地說這裡面完全沒有胸部的成分嗎？」

「…………」

錯開的目光是最好的答案。

「事到如今要打迷糊仗也太遲了喔，明明去唸小學後還在吸我的奶水說。」

剛開始同居時昴的健康狀況很糟糕，一年會發好幾次高燒。而且每次昴發燒，莉莉亞都會將自己的魔力分給他，讓他痊癒。

「很可愛唷，拚命吸住我的乳房，大口狂喝母奶時的你。」

然而，莉莉亞無法直接將魔力傳給昴。因為莉莉絲的魔力很強大，將魔力傳給人類——對象還是孱弱小孩是一件很危險的事，而且莉莉亞並不擅長控制魔力。在這種情況下，莉莉亞先將魔力轉換成母乳，然後再讓昴喝下。

「那是……因為，我性命垂危……」

「退燒恢復健康後，還是有好一陣子在那邊說『師父，想喝奶』然後跑過來吸住乳頭的是哪位仁兄吶？」

「唔呃。」

莉莉亞當時萌發了「還想被長大的昴吸乳頭」的這種念頭，但她卻保留了這件事沒說出口。總有一天要分泌出真的母乳的心願也是。

「啊啊，想起來了，有當時的影片呢。我想說如果娶你為夫婿的話就一起看，所以就先拍下來了唷。」

「做、做了那種事嗎!?」

「嗯嗯，決定性的證據。我想說萬一你昏了頭違抗我，到時候就拿來當威脅的材料。」

「我不可能違抗師父！我的一切都是莉莉亞大人所有！包括這條命在內！」

「滿口謊話。」

哼——莉莉亞一邊俯視被夾在胸部谷間的昴，一邊轉動聯繫著的腰部讓夫婿發出呻吟。這是欣喜與焦躁各半的圓周動作。

「用不著加大人，打算讓我說幾次呢？連自己的老婆都無法直呼其名嗎？還是說……不聽我的指令呢？這已經是明確的叛逆行為了喔？」

莉莉亞再次將昴的臉龐埋進乳房堵住他的嘴。與先前不同，這次的目的是要封鎖藉口。另外，之所以沒堵住鼻子是為了讓昴一邊呼吸，一邊吸入莉莉亞的氣味。她打算用淫魔的費洛蒙讓昴更加亢奮。

（呵呵呵，嘴巴被塞住很難受吧？最喜歡我的氣味了吧？大雞雞被小妹妹縮住舒服得不得了吧？）

不斷變硬的勃起雄物也讓莉莉亞肉欲高漲。描繪著至高曲線的美臀每次欲火中燒地扭動，就會在紅色溫泉表面形成漣漪。

「欸，昴，回答呢？還是連藉口都不找了？」

莉莉亞完全封住昴的嘴巴，就這樣加速腰部的動作。碰到胸部的狂亂鼻息很舒暢，彷彿在訴求著什麼的眼眸也很可愛。

「唔——唔，唔——！」

「完全不懂你在說什麼呢，用這種態度對待師父令人不敢恭維吶。」

昴淚眼汪汪地左右搖動臉龐，試圖創造出發言的機會，然而莉莉亞卻更用力地抱住頭部，加強乳壓擊潰徒弟的反擊。

（呵呵呵，是你太可愛的錯喔？用這種淚光閃閃的眼眸望著我，會讓我更想欺負你疼愛你的，畢竟我是惡魔嘛……！）

玩弄人類夫婿的淫魔，其呼吸也在不知不覺間變得相當紊亂。肌膚妖豔地染上緋紅的美麗莉莉絲俯視昂，就這樣不斷進行淫穢的圓周運動。

「嗯，呼，呼唔……啊啊，呼啊……啊！」

初次嘗試的體位，給予跟至今為止截然不同的刺激感。然而，光是這樣仍然無法說明襲向女體的快感。

（好，舒服……嗯啊啊，比平常還有要感覺……）

之前要一、兩次高潮才能抵達的深度愉悅，早早地就開始裹住莉莉亞。火蜥蜴血與溫泉的功效，以及蜜月這種非日常的狀況雖然也有影響，但最大的理由仍是跟昂久違的共浴。

（很多東西都復甦了呢。懷念的記憶，還有總有一天想跟昂這樣做的妄想都……！）

讓年紀尚幼的徒弟喝奶時，莉莉亞就已經在心中描繪出淫靡的未來了。那幅光景終於成真，讓肉體的反應比平常還大。

「昴，昴……撞到了，你的前端深深地吻了我的最深處呢……啊，嗯，咕嗯！」

顯著地表現出來的就是，子宮下降的程度。這是撐住子宮的膣壁變軟害的。肉椿每次戳中女體的盡頭，甘美麻痺感就會從角竄流至尾巴。

「噫咿，噫，咕噫！這裡，這裡，就是這裡啊！昴，還要，還要，撞我，撞進最深處！」

昴也開始用腰回應新娘淫蕩的索求。畢竟也是初次嘗試這種體位，因此活塞運動做得並不華麗，然而對現在的莉莉亞而言這種進攻已是綽綽有餘。

「嗯啊，啊，不行，啊，好猛，好深唷!啊，呼啊，呼啊啊啊！」

不斷變強的女性悅樂令莉莉亞漸漸將上半身向後仰。相對地，雙腿則是牢牢地鎖住昴的腰，並且用更加橫向展開的翅膀保持平衡。然而，莉莉亞卻沒注意到這樣做會放緩對昴臉龐施加的乳壓。

「噫嗚嗚嗚嗯，啊嗚，呼，呼嗚嗚嗯嗯!啊，好棒，好棒……！」

莉莉亞因膣穴深處被進攻而發出感動至極的聲音，在那個剎那，乳房前端竄出一道鮮明的衝擊。勃起程度不輸給陰莖的乳頭被輕咬了。

「噫!?啊……啊，啊——!!」

出乎意料的一擊讓莉莉亞迎來這天第一次的高潮。蜜肉皺摺一起縮窄，緊緊鎖住昴的分身。

（去了……被弄到高潮了……你呀，好狡猾呢，突然咬住前端。才剛剛說過那種話，這樣會更舒服的不是嗎……！）

莉莉亞一邊因為高潮餘韻而咔噠咔噠地牙關打顫，一邊甜美地瞪視仍然吸住胸部的昴。同時，她再次將昴的頭抱向自己，無言地催他繼續進攻乳頭。

「還，還無法，斷奶嗎？你這夫婿……嗯嗯……真讓人頭痛呢……啊呼啊啊……等、等一下昴，不行喔……嗯啊啊，我還在高潮的說……欸，都說不行了……啊，啊……咕嗚嗚嗚……！」

與臺詞相反，莉莉亞的肉體想要昴再做更多。而且，昴也不是無法體察到莉莉亞的真心話。他銜住另一邊的前端突起，溫柔地玩弄低劣地變尖挺的乳頭。

「呼嗚唔！啊，嗯，嗯嗯嗯……！」

這回昴沒有突然用牙齒咬住，而是溫柔地一邊吸，一邊讓舌頭爬上去。雖然讓人聯想到昔日的餵奶，舌頭的動作卻明顯含有性意味，再加上變得更加激烈的活塞運動，莉莉亞的裸體顫抖了。

（昴真是的，簡直像是回到過去似地……不對，不是的，昴小時候可不會用這麼下流的吸法呢。用舌頭滾動乳頭，又是來回舔乳暈還輕咬乳頭，這些事他以前可沒做過。）

莉莉亞自徒弟年幼時就慈愛地養育他長大，如今貌美師父一邊用勃起乳頭與舌頭動作感受徒弟的成長，一邊也用猥褻的圓周動作應戰。

「啊啊啊，好猛……好厲害呢昴……就這樣，就這樣突刺……啊，啊，我的小妹妹，全部都被鑽挖著！」

昴以垂直方向朝上猛頂，莉莉亞則是進行圓周運動，在兩者的組合下，膣穴內部的每個角落都被摩擦著。當然，昴的肉棒也跟莉莉亞一樣被加上了相同的刺激，所以算是平分秋色，然而乳頭攻勢的份卻讓這邊處於不利。

（你呀，好卑鄙呢……如此欺負著妻子的小妹妹跟子宮，居然連胸部都……啊，啊，又在咬咬了！不行，就算這樣做，現在也不會跑出奶水的……！）

看樣子昴似乎察覺到輕咬乳頭是有效的，因此他輪流用牙齒咬上左右兩邊的敏感尖端。而且還在疼痛的臨界點前找到會讓快感衝至極限的那條線，用絕妙的力道控制令淫魔欲火焚身。

「呀啊，啊，昴，那邊不行……呼啊，啊啊嗯，不行……乳頭，會溶掉的……啊，嗯，嗯嗯……！」

至今為止膣穴與胸部也有被同時進攻過。然而，乳頭也不曾像這樣被口唇舌頭，以及牙齒玩弄。這是使用面對面體位這種形式才能初次知曉的悅樂。

「咕唔，啊，嗯，昴……呼啊，啊啊，咬咬，受不了了！」

莉莉亞自己也不曉得自身的乳頭如此不經輕咬。昴找到連本人都沒察覺到的性感帶，令莉莉亞感到開心。

（不愧是我的愛徒……我的夫婿……！）

昴拚命吸著發情的乳頭，對他的愛憐令淫液不斷分泌，因快感而融化的膣穴黏膜緊緊縛住年輕肉莖。

「已經，不行……啊啊，要來了，又要來了啦……不要，不要不要不要啊……啊啊，去了……用乳頭去了……！」

首先襲來的是乳頭高潮，莉莉亞用全身緊緊抓住昴。昴被連核心處都融化的豐乳覆蓋住整張臉。

「唔呃，唔呃呃!?」

雖然口鼻都被堵住痛苦地發出呻吟，昴卻沒放緩攻勢。他持續衝撞因乳頭高潮而顫抖的蜜壺，將莉莉亞逼向連續高潮。

（怎麼會……我，正高潮著，正狠狠地高潮中耶……不行不行，現在別欺負小妹妹……咬著乳頭，就這樣搖晃子宮是不行的!!）

那是將殘留在身體上的氧氣全部用盡般的劇烈活塞運動。化為猙獰肉凶器的龜頭毫不留情地撞擊惡魔妻子的最深處。兩度因乳悅而墮落的淫媚肉摺因狂喜而蠢動，渴求年輕的種子。

「啊唔嗯，呼唔，啊呼唔唔唔嗯嗯！去了，要去了……噫……噫咿咿咿咿!!」

光是至今為止的高潮，就已經比莉莉亞體驗過的任何一次絕頂都還要深邃，昂又追加了過於凶惡的一擊，朝剛剛陷落的子宮毫不留情地射精。

乳頭被玩弄所造成的快感加上新的、而且還很強烈的歡愉。

（騙人……居、居然在這時……啊，啊，不要……不要……！）

比先前浸泡的溫泉還炙熱的精液，陸續流進神聖的器官。衝擊與愉悅令莉莉亞大大地向後仰起上半身。

「去了……要去要去……啊啊啊，不行……已經，已經……啊啊啊啊！」

連續三次高潮讓美貌過頭的淫魔用力伸直雙腿，上半身更加向後仰，角的前端浸入水中。雙手環抱住昴的脖子，勉強支撐著莉莉亞的身軀。

「啊嗚，縮住了……咕……莉莉亞的小妹妹，太爽了……！」

（我也是，太舒服了呢……你的精子，真叫人受不了……棒極了……呢！）

體內射精的快樂讓狂喜淚水啪噠啪噠地落至熱水中。

「昴，喜歡你……呀啊！」

莉莉亞扭動腰部，試圖將心愛男子的種子一滴不剩地搾乾，之後她立刻失去平衡，一頭栽進溫泉中。昴雖然也被拖下水，但這裡的水深僅僅及膝，因此不用擔心可愛徒弟會溺水。

「噗哈！莉莉亞，沒事吧？……欸？欸？莉莉亞……師父!?」

然而莉莉亞卻沉溺在喜悅中，以大字形就這樣沉在池底沒浮上來。這種程度當然不會死，但昴仍是慌張地伸出援手。比起新鮮空氣，被心愛丈夫抱起更令她又是感激又是開心。

「沒、沒事吧!?」

「才不是沒事呢，完全就是出局。我溺水了呢，是你害的喔。」

「欸欸!?」

莉莉亞抓住丈夫立刻伸出的援手，輕輕將它引導至纖瘦腹部。

「都是你的精液害的，我覺得自己的卵子溺死了呢。」

5 對友人的宣言

新婚旅行第二天的中午過後，有客人前來昴他們這裡造訪。據說是莉莉亞昨天打過電話的老友。昴與莉莉亞一同來到旅館大廳迎接自稱是伊格蕾特的惡魔。伊格蕾特似乎也是古老的上級惡魔。

「好久不見了呢，伊格蕾特。這是我的徒弟昴，也是夫婿喔。」

「嚯——是有聽妳說過，真的是人類孩子呢。」

跟莉莉亞一樣長著兩根角的美麗惡魔目不轉睛地望著昴。

「醜話說在前面，如果撩昴的話，我就折下妳一根角，磨成粉做成壯陽藥喔。」

「那是啥威脅啊，又具體又有可能實行，好恐怖。而且為何是壯陽藥？」

「畢竟是新婚嘛，是蜜月唷，**honeymoon** 唷。」

莉莉亞握住坐在身旁的昴的手，一臉認真地對朋友說道。

「雖然跟妳交往了兩千年以上，不過妳現在看起來最像淫魔呢。那個滑滑嫩嫩又充滿光澤的皮膚是怎樣呀。」

伊格蕾特用像是吃驚，或者說是有些愕然的語調如此說道。

「託我家達令的福，好像大量分泌出女性荷爾蒙呢。」

如此回應後，莉莉亞在形狀姣好的脣瓣上浮現笑意，一邊望向昴。昨晚被那張柔脣吸吮無數次的淫靡回憶復甦，昴在莉莉亞身邊自顧自地熱起臉頰。

「不，不是這樣的，我的意思是指妳吸收老公的精氣。」

「精子是有吸收呢。應該說是吸收，還是吸吮呢。不如說吸的人是昴唷。昨晚乳頭也被吸得亂七八糟的說。也跟約定的一樣，體內射精到卵子都溺水的地步。」

「師、師父!?」

莉莉亞似乎是在向朋友放閃，但對昴而言卻只是羞恥 PLAY。

「……妳呀，是瘋狂迷戀上老公，卯起來沉溺在肉欲中不是嗎？」

恕我無法奉陪吶——伊格蕾特用這種感覺重重嘆息，然後將充滿同情的視線送向坐在莉莉亞身邊的昴。

「這傢伙就是這樣，請不要拋棄她。當了數千年處女，很多東西都會變得不對勁的。」

「請妳閉嘴。昴知道我是在各方面都很遺憾的莉莉絲，而且是在這個前提下入贅成為夫婿的，不論妳怎麼講都沒用。」

「既然對自己很遺憾這點有所自覺，可以多少改善一下嗎，師父？」

昴望向三十分鐘前還偷偷摸摸卯起來課金抽卡的莉莉亞，然而。

「老狗學不會新招啦。」

她避開了視線。

「也是啦，畢竟我們是老太婆囉。」

「別擅自把我當成老人，我可還是水嫩嫩的美少女唷。」

「喂，這翻臉不認人也太完美了吧……再、再怎麼說美少女也太勉強了吧。」

「沒問題的，拚一點的話連女高中生都說得過去唷……是吧，昴？」

「…………」

昴避開視線，正如方才莉莉亞那樣。

「嚯，要擺出這種態度嗎，嚯……等一下就將你的蛋白質局部性地全滅吧，做好覺悟，笨蛋徒弟。」

「夫婦吵嘴連三頭地獄犬都不想管，可以快點進入正題嗎？」

「是呢，完全忘掉了……昴，我跟這東西有一點話要說，趁現在去買伴手禮吧。這個大廳隔壁有賣名產之類的東西喔。」

是要講不想讓自己聽到的話題吧——昴明白這件事，所以率直地答應了。

「有想要的東西可以買下來，不用客氣唷。畢竟這裡也能用日幣。」

昴起身後，莉莉亞將一疊鈔票遞了過來，沉甸甸的很重。

「欸……那個，該不會魔界的物價非常高吧？還是幣值的關係？」

「不，這裡跟日本差不多喔？……喂莉莉亞，妳打算讓他買幾百人份的伴手禮嗎？」

伊格蕾特滿臉無言地告訴昴魔界的市場價格。的確，這裡跟日本一樣，或者可以說略為便宜一些。

「因為我是昴的ＡＴＭ嘛。對昴而言，我就是ＡＴＭ女。」

「請不要說會讓伊格蕾特小姐誤會的話！」

「……你也很辛苦吶。」

昴承受著伊格蕾特充滿同情的視線，從兩人身邊離開，前往伴手禮的銷售處。

「啊，烏拉。」

召喚出來的貓頭鷹使魔站到昴的肩膀上，牠似乎是護衛。就算是在旅館內，讓昴獨自行動仍會讓莉莉亞感到不安嗎？

「平時多謝妳了，烏拉有想要的東西就說一聲唷，我會一起買下來的。」

「嗚——」

昴摸摸烏拉的頭，牠開心地叫了一聲。

「伴手禮賣場就是這裡呢。」

這間旅館除了使用者與員工是異界居民外，真的跟人界一模一樣。就連客人身穿浴衣挑選各種伴手禮的光景都一樣。

「要買幾人份才好呢……」

昴邊回想中學與高中時的修學旅行，邊挑選當地特產品。魔界也有溫泉饅頭，顏色卻像有毒看起來不是很好吃，所以就略掉了。昴在職場上有被教導魔界語，因此他可以很正常地閱讀，而且也有標注英文，逛起來比一些偏遠小國還要輕鬆。

（是火蜥蜴血的入浴劑，不過收到這個的人會嚇到吧……嗯？）

最近見到過的單字偶然躍入眼簾。

（是真貨？有在賣這種東西嗎？啊，這裡是產地啊？好，買下吧！）

雖然價錢絕對不便宜，不過幸好昴有多帶一些零用錢過來，所以有辦法支付這個金額。

莉莉亞交過來的資金，昴只用在他被拜託要買的伴手禮上面。

「那麼，關於妳託我調查的那件事，對妳的達令出手的笨蛋十之八九是人類唷。」

昴的身影消失後，伊格蕾特開了口。

「單獨一人？」

「不，是集團。不過好像也沒那麼多。大概是數十人程度的邪教團體。」

「該不會是惡魔崇拜之類的吧？」

想起曾經召喚出自己的團體，莉莉亞眼中寄宿了危險光芒。是昴的雙親隸屬的邪教團體。

「啊啊，是引發契機，讓妳與那孩子相逢的團體嗎？不是不是，正好相反喔。不是惡魔崇拜，而是惡魔排除主義的邪教。」

「還有那種傢伙啊？」

「任何時代都有唷。人類這玩意兒，本質上並沒有怎麼改變呢。哎，雖然我們惡魔也是啦。」

「那個邪教團體為何對我的昴用了奇怪的術法？要是沒個好理由，我就殺光所有人……不對，理由啥的無所謂，我要從這個時空中消滅他們。」

「等、莉莉亞，控制一下！殺氣跟魔力都洩漏出來了！這樣會很不妙的！」

朋友慌張的模樣讓莉莉亞閉上雙眼，做了幾次深呼吸壓抑憤怒。

莉莉亞擁有足以匹配大惡魔稱號的駭人魔力，但另一方面，她也不擅長控制那股力量。過去經常發生她因一時激動而失控的案例。

「呼……真是的，不曉得有幾十年沒流這麼多冷汗了。妳啊，有點自己是莉莉絲的自覺好嗎？妳跟普通魔族的力量差了兩、三位數耶。」

「是他們對我愛徒出手的錯喔。」

「不過，那些人的腦袋好像也沒那麼差呢。畢竟他們無法直接對惡魔始祖莉莉絲出手，所以就盯上了既是徒弟又是夫婿的人類。」

「剛好相反，是大笨蛋喔。如果以我一人為目標，我還有可能因為怕麻煩而置之不理。不過既然加害了昴，我就絕對不會原諒他們喔。我要追到天涯海角魔界盡頭天界邊緣，將他們存在過的痕跡一個不留全部抹消。」

「好好好，乖啦乖啦，冷靜下來。表情好可怕。」

「這張臉是天生的喔。」

「少騙人。妳呀，跟以前相比變了不少不是嗎？」

「我就是這種存在。」

莉莉這個存在會反應出人類——特別是男人視為理想的美之極致。當然，其外貌也會隨著時代而改變。

「基本上雖然一樣，不過就我所見，感覺起來頂多就是姊妹或是母女的差異吧。」

「明明才剛說過變了不少。」

「嗯，自從妳跟那個徒弟開始一起生活後吶。才十年居然會有如此改變，今天重逢時我吃了一驚唷。」

「我變成怎樣了？」

「變漂亮了。我認識妳已有數千年，不過現在的妳最美麗。還有，胸部超大，整體看起來很性感。」

「是嗎，那就好。畢竟我正接近昴偏好的女性形象嘛。」

老友的話語令莉莉亞露出微笑。

「妳啊，真的變了呢。以前明明不會像這樣笑出來的說。」

「妳也收個徒弟就明白了，呵呵。」

「有那副笑容，不管是撒旦還是亞當都有辦法籠絡吧？」

「沒興趣啦。我連身心都想籠絡，將其攻陷令其墮落的人就只有昴唷。想讓他對我依賴到沒我就無法呼吸的地步呢……呵呵。」

「……妳現在露出亂邪惡一把的表情呢，莉莉亞。」

「因為我是莉莉絲嘛，惡魔的始祖。」

浮現美麗卻又有威脅意味的笑容後，莉莉亞再次做出宣言。

「所以我要消滅對我重要男人出手的傢伙唷，絕對要。」

第四章 天界蜜月！塗油正常體位

1 天界觀光

新婚旅行第二天的下午，昴站在天界。直到數小時前都還在魔界的事就像騙人似的。

「怎麼了昴，在那邊發呆。跑來跑去累了嗎？」

「不、不是的，只是想說這簡直像在作夢似的。」

「夢？」

「因為我剛才還在魔界喔？但現在居然已經在天界了！」

「嗯嗯，跟以前相比，移動起來要輕鬆多了呢。如果有直達路徑的話，就能更快抵達的說。不過考量到魔界跟天界之間的恩怨情仇，果然還是很難這樣呢。畢竟現在雖然勉強維持著和平狀態，卻沒有完全停戰。」

總覺得在雞同鴨講。

昂是對自己這個人類踏足魔界與天界的事實感到驚訝，莉莉亞卻在講時間上的問題。

「我只要有那個意思也能直接前來天界，不過那樣很累人，而且我不想給這邊的傢伙帶來多餘的刺激吶。在魔族中仍然有人渴望與天界抗爭，所以別看我這樣，我也是很小心注意不讓自己的立場遭到利用的唷。」

「真、真辛苦呢。」

「還好啦。不過，託福我才能跟你悠哉地兩人獨處呢。只要忍耐一點搖晃，那個交通工具也還不賴吧？」

「是的，我非常享受！」

從魔界到天界這邊，莉莉亞是包了一輛特別的人力車過來的，一路上絕景連綿不絕。能在不更換車夫往來於魔界與天界間的班次很昂貴，是頗難預約又很受歡迎的交通工具——莉莉亞在車裡很得意地如此告訴昂。

順帶一提，載昂他們的車夫是繼承惡魔與天使雙方血脈的罕見存在，也是指名人數第一位的王牌司機。

「是嗎，既然你開心，我就沒白預約呢。」

如此說道後，遠古大惡魔撩起金色長髮，跟西瓜一樣大的胸部配合這個動作沉重地搖晃。

（今天也很漂亮呢，師父。）

師父穿在身上的衣著與昨天不同，看著自豪的師父，昴感到目眩地瞇起眼睛。明明自幼就一直同住一個家生活，在最近處看著莉莉亞的說，然而就算到了現在昴也不覺得自己能習慣她的美麗。即使成為夫妻後，這一點也沒有改變。

「什麼呀，昴。我的乳溝裡有夾東西嗎？」

莉莉亞用像是在說「我臉上沾到東西了？」的口吻夾緊胸部。透過大膽開衩窺視到的深邃谷間，令昴咕嚕一聲吞下口水。

「嗯呵，就算不露出這麼渴望的表情，到了晚上也能盡情玩弄唷。還是跳過觀光直接去旅館？要色色嗎？要玩親親，用奶子夾臉，然後滋噗滋噗搞個爽？」

「不，不用了，先觀光！」

「是呢，畢竟是難得的蜜月嘛，先享受觀光吧。我也很少來這裡，有很多地方想瞧瞧吶。」

莉莉亞如此說道後，昴鬆了一口氣，卻也同時感到有些遺憾。

有如看透他這種內心似的，莉莉亞補上這樣一句話。

「我是會把快樂的事保留到後面再做的那一型唷，今晚也要請你好好努力一番。所以觀光時別太興奮，要保留足以疼愛新娘的體力，可以的吧？」

莉莉亞師父兼妻子的話語，讓昴用力點了點頭。

跟魔界一樣，天界這裡也是一片跟人界如出一轍的光景。在昴的預料中，還以為這裡一定是雲朵上的世界，所以他瞪大眼忙碌地眺望四周。

「除了天空的顏色跟居民外，跟魔界沒什麼差別吧？」

「是的，啊，不過，感覺上這邊的近代建築物比較多。」

如果昨天的魔界是二十世紀前半的歐洲鄉下，那這裡給人的印象就是二十世紀後半。就氣氛而論不是日本或亞洲，還是美國之類的地方，果然還是歐洲的氛圍。不過說到底這只是昴心中的印象就是了。

與魔界的不同處就是，天空是天藍色的，背上長著翅膀有如天使般的居民很顯眼。雖然也有像是觀光客的魔族身影存在，但在目光所及的範圍內並沒有人類。

「這附近或許是如此吧。天界跟魔界一樣，地方不同，風景也會截然不同唷。也有你想像中的那種、在雲朵上的地區呢。」

「覺得有點想看看吶。」

「要去也行，不過現在那邊已經完全變成觀光景點了唷。除此之外幾乎沒有亮點，就我個人而言並不推薦喔。」

「觀光景點……」

「也有攤販在賣像是雲朵般的棉花糖呢。」

「棉花糖……攤販。」

「感覺像是日本的忍者村？」

「忍者村……」

領悟到某種重要事物崩塌後，昴表示觀光行程就交給莉莉亞一手包辦。交給專業的去做就對了，然而。

「你相信我，我是很開心啦，可是我也沒那麼清楚唷。」

「因為師父是惡魔，主場是魔界嗎？」

「當然，比起天界我比較熟悉魔界喔。不過，也沒到主場這種地步。你看嘛，我在各種層面都是很顯眼的存在，所以很注意不要在公眾場合拋頭露臉吧？」

「只是家裡蹲不是……」

「閉嘴，笨蛋徒弟。」

有如鞭子般柔韌的尾巴啪噠一聲擊打手背，還挺痛的。

「因為我忙著照顧徒弟喔，所以我家裡蹲的原因就是你，是你的錯。」

收養昴的時候早就是家裡蹲老手的上級惡魔將責任推到徒弟身上，接著拿出手機。她似乎在確認觀光行程。

（這裡也收得到訊號……）

昴試著確認自己的智慧型手機，上面確實顯示著天線符號，只不過跟人界相比訊號有點弱，跟魔界差不多吧？

「那我們走吧，傍晚入住旅館前先四處逛逛囉。」

與初始惡魔莉莉絲一同前往的天界觀光，就這樣拉開序幕。

莉莉亞最先帶昴去的地方就是遊樂園，而且這裡使用的是實際存在的幽靈船。

「就算在天界，這裡最近也很紅喔。」

它似乎原本是沉沒的客船，不過平安無事升天來到天界後，就這樣被再次使用而成為人氣觀光景點。能搭上本尊間接體驗它在現役時期——也就是幽靈船時代的經歷就是其賣點。

當然，被召至天界時它就已經沒有危險了，從大人到小孩都能享受到樂趣，不過幽靈船區仍是充滿魄力，因此也有很多情侶把它當成鬼屋玩樂。

「你呀，我還以為會更害怕的說，膽子還挺大的嘛。應該說不愧是莉莉絲之徒嗎？」

雖然感到自豪，但另一方面莉莉亞也希望昴更加害怕恐懼，緊緊抓住依賴自己，因此也感到有些失望，然而。

「我很怕呢，非常地。不過師父就在旁邊牽著我的手，所以我可以忍耐。」

有聽到這句臺詞就好。

（今晚我就緊緊牽著手，好好疼愛你吧。）

下一個去的地方是博物館，那邊展示著在神話中登場的眾神與英雄們有著深切關係的道具。這次莉莉亞他們去的是一間小博物館，因此並未展出昴知道的主流物品，不過他還是很有興趣地從一開始看到最後。

「魔界沒有這種博物館嗎？」

「有的喔，從正經的館到專門收集情色獵奇物品像是祕寶館的地方都有，要之後找時間看看嗎？」

「如果有師父的……與莉莉絲有關的博物館，我就想要去呢。」

「基本上算是有啦，不過我也沒去過呢。可是，為什麼想去？」

「因為……我想知道自己喜歡的人的一切。」

（今晚就好好教你我羞羞臉的地方。）

最後造訪的是購物中心，那邊能實際享受、並且購買在神話與傳說中登場的酒食。因寬敞空間與眾多客人而瞪圓雙眼的昴真可愛。

「哇塞，這是什麼啊，超好吃的……！」

「欸，欸，這個也很好吃！」

「嗯嗯……！」

不斷試吃之際，昴漸漸變得沉默不語。吃到真的很好吃的東西時會變得沒有反應，這一點似乎惡魔跟人類都一樣。

「有想要的東西就盡量買，也可以在這邊選伴手禮喔。」

「好的！」

莉莉亞同樣也有試吃試喝，但最棒的招待果然還是昴幸福的笑容。

（呵呵呵，好久沒看昴像這樣興奮了。天界這邊就算未成年也沒關係，得先挑好就算是第一次也能輕易入口的酒才行呢。）

光是挑選與徒弟第一次共飲的酒，胸口就因期待而撲通作響。

（昴喝醉會變成怎樣呢？最好會變大膽，然後襲擊我就是了。）

對昴這名徒弟・夫婿雖然沒有不滿，不過硬是要舉例的話，就是如果昴再稍微強硬一點自己就開心了。特別是晚上的夫妻生活，莉莉亞希望昴能再主動一些。

（有酒神巴克斯印記的白酒比較安全吧，畢竟這家的酒甜味清爽又好入口……啊啊，這麼一說，記得踏鞴的人也很喜歡酒呢？）

幸好，莉莉亞為了徒弟而安排的觀光行程昴似乎很喜歡。選擇路線時踏鞴員工提供了天界的觀光情報，所以也應該送點東西給他們吧。

（伴手禮就選稍微好一點的東西吧，畢竟昴也有受到照顧。）

選好的伴手禮結完帳後，莉莉亞請店員把東西配送至人界。

「欸？可以送到那邊嗎？」

「當然，要加收費用就是了。」

昴吃驚地瞪大雙眼，這樣的表情也是可愛到不行。

（今晚就露出更加可愛的表情給我看吧。）

2 因為是我妻子

到了傍晚後，昴他們入住的是這個地區最正式的星級旅館。外觀雖然很像現代日本會看到的高級旅館，但整體的尺寸卻很大。這一點也跟昨天住宿過的魔界旅館有著共通點。

「這邊有許多比人類還大的種族唷，魔界也是如此呢。」

「可以使用到多大的尺寸呢？」

「有聽說到三公尺為止都還沒問題。如果是更大的種族，就會去他們專用的住宿設施吧。」

昴工作的踏鞴雖然也有包含惡魔與天使在內的各類種族前來造訪，但基本上身材尺寸都跟人類差不多。當然這裡面也有例外，不過能滿足這類客人的需求的魔具，製造與保養的難易度都很高，因此昴尚未被交付這種工作。

「嚯，這種客人會訂製怎樣的道具？」

莉莉亞一邊在櫃檯結帳，一邊如此詢問。

「小型種族的話……妖精會委託製造灌注魔力的衣服喔。因為身形小，魔力控制機構也會變得纖細。」

「原來如此，大型種族也會前來嗎？」

「聽說沒多久前有龍過來，似乎是特別訂製了要用來載人類的鞍。」

「心高氣傲的龍族，為了載人類而自己過來訂製鞍啊……明明不論是在魔界或是天界，龍都是最上位的存在說，世上還是有奇葩存在呢。」

身為最上位惡魔的初始淫魔，浮現不可思議的表情望向人類夫婿。

「師父有資格這樣說嗎？」

「欸？為何不行？」

看樣子她似乎真心把自己的事放到一邊了。

「昴沒辦法製作那條龍的鞍嗎？你的手很巧，我覺得好像能做出來就是了。而且並沒有要賦予什麼特殊魔法吧？」

「我也有對店長這樣說，所以有向店長表示，希望能讓我在自己工作空檔之餘也幫忙進行那邊的作業。因為我想親自體驗各種事情。」

昴明明是莉莉絲的徒弟，身上卻沒有半點魔力，對這樣的他而言，成為魔具製作工匠是夢寐以求的心願。成為莉莉亞的夫婿後這種想法變得更強烈，如今已超越願望，甚至認為是最低限度的義務了。

「是嗎，在不勉強自己的範圍內加油吧……不，不加油也行的唷。」

「欸？」

「忘了嗎？我並不喜歡你在外面工作唷？我總是說零用錢想要多少我都會給你的不是嗎？要你把我當成方便好用的家裡蹲ＡＴＭ女這樣，你真是廢材徒弟呢。」

看樣子莉莉亞似乎是真心這樣說的，她重重嘆了一口氣。

「為何我被當成錯的那一方……？」

「從你讓我這個師父以外的神啦天使啦之類的人教一堆事情的那時算起，就已經充分地有罪了。」

「因為師父收我為徒後，什麼也沒教我不是嗎？」

「不要說這種失禮的話，我教了很多事吧？像是我喜歡的食物啦酒啦還有電影跟遊戲之類的……來吧，去房間了。」

莉莉亞辦完入住手續如此催促後，昴也跟了上去。帶領兩人前往房間的行李員是有著純白色美麗毛皮的年輕男人馬。沒發出多少聲音、優雅在走廊前進的身影，令人感受到這家旅館有多高檔。

「除此之外，我也有好好教你信用卡的用法跟領錢的方式不是嗎？」

「那些跟莉莉絲之徒無關吧？只是為了讓師父舒服當家裡蹲的知識不是嗎？」

「嗯嗯，是這樣沒錯，有什麼問題嗎？話說回來，畢竟身為莉莉絲也沒理由收你為徒嘛。所以我才做為莉莉亞把你收為私人的跑……徒弟喔。」

「剛才正要說跑腿是吧？」

「是你想太多了。不是那樣的話，就是耳朵狀況不佳唷。好吧，到房間後我就久違地替你挖耳朵吧，而且當然是膝枕。最後就跟平常一樣用舌頭替你舔乾淨。」

「等一下師父，我連一次都沒在挖耳朵時被舔耳耶!?」

「哎呀，是這樣子的嗎？不行吶，活了數千年，記憶力不斷變差吶。」

永保青春的最古老美麗惡魔故意裝傻。

（……師父該不會，情緒超級嗨吧？）

直至此時，昴總算察覺到莉莉亞很興奮。原因斷定是新婚旅行應該不會有誤吧。

「欸，晚餐的預約是從幾點開始的？」

「一小時後，在用餐大廳。」

被詢問的行李員流暢地答道。

「是嗎，那挖個耳朵綽綽有餘呢。」

「真的要做嗎？」

「當然囉。之後你也要替我挖耳朵，打混的話我可不饒你唷，愛徒。」

「兩位真登對呢。」

「呵呵，謝謝。」

人馬行李員的話語令莉莉亞露出微笑。

「房間就在這裡，要替您搬進去嗎？」

「不，不用了，之後我們自己會放進去……辛苦了。」

如此說道後，莉莉亞將多到亂七八糟的小費交給行李員。方才的臺詞似乎讓她感到很開心，連尾巴前端看起來都在輕輕躍動著。

「哇塞……好猛……好厲害喔師父！」

一進入房間，最先讓昴吃驚的就是美麗的夜景。這裡似乎是旅館的頂樓，可以一眼望盡四周光景。雖然與昨天的赤紅色海景方向性截然不同，但這邊也是絕景。

「今天天色已晚所以看不見，不過白天時的藍天還有街景似乎很美麗唷。」

「哇啊，真期待呢！」

與日本市中心不同，此處的人工照明很少。另外，這裡似乎是附近最高的建築物，因此視線不會被擋住，具有壓倒性的開放感。

「再晚一點街上的燈火會變得更少，這次能欣賞月亮跟星星喔。昴，你喜歡這種事吧？」

「是的，我記得很清楚，以前跟師父一起觀察過昴宿星團。」

『你的名字是昴，指的就是那些星星唷。』

在自家公寓的陽臺眺望夜空時的回憶，與莉莉亞的聲音一同復甦。

「你的名字是昴，指的就是那些星星唷。」

「呀啊！」

與當時完全相同的聲音與話語，在昴耳畔輕聲囁語。耳垂感受到溫暖氣息，昴發出奇妙叫聲。

「呵呵，好可愛的反應呢，舔舔。」

「呀呼啊啊!?」

之所以發出比剛才還大的聲音，是莉莉亞舔耳朵害的。

「師、師父!?」

「是在驚訝什麼啊，有約好晚餐前要替你挖耳朵的吧？好了，過來吧。」

美麗惡魔坐上能輕鬆睡五個人的床鋪，啪啪輕拍自己的大腿。

「之後就輪到你囉，要好好替我挖耳朵唷，聽到沒？」

當然昴無權拒絕，也絲毫無意拒絕。

莉莉亞久違的挖耳朵，舒服到極點了。

享受甜美肌膚之親一小時後，昴與莉莉亞來到旅館的餐廳。目的雖是為了莉莉亞預約的晚餐，昴卻是表情僵硬。

「不過是吃個飯，你在緊張什麼呀。好不容易才用挖耳朵把你弄得軟綿綿的說。」

緊張的昴讓莉莉亞感到不可思議，然而對平凡男高中生（自己是這樣相信的）而言，在各種層面上的門檻都很高。看到餐廳的模樣後，昴的表情變得更加陰鬱。紳士淑女身著高雅服飾的模樣震懾了他。

（師父很顯眼吶，因為她很有名吶。畢竟是天下聞名的莉莉絲嘛。這種人身邊如果站著我這種普通人的話，搞不好連師父都會被取笑……）

最近雖然變好了一些，但自卑的情感卻並未完全消失。莉莉亞像今晚這樣穿得很美麗的話，那就更是如此了。

「哪裡有必要這樣畏畏縮縮的？再抬頭挺胸一點吧。」

「可是……」

「你是莉莉絲之徒兼良人，再怎麼說也不是跑錯場子的人唷。不如說是高位的存在呢。而且……那身衣服挺合適的唷。呵呵，不愧是我的夫婿。」

「請、請不要取笑我。」

昴穿的是莉莉亞準備的西裝。

「我是認真的就是了？……那麼，你沒有其他話要說嗎？」

莉莉亞鬆開挽著的手臂，華麗地在原地轉了一個圈。深紅晚禮服輕輕飛舞的模樣，看起來彷彿就像是一朵大玫瑰。

雖然以此瞬間吸引整個樓層的視線，美到過火的惡魔卻完全不在意周圍，只是直勾勾地凝視昴一人。

「很、很美麗。那件晚禮服也非常適合師父。」

「嗯……九十分。重來。」

莉莉亞豎起食指左右搖動，要徒弟重來一次。

「……很美麗，今晚的莉莉亞比平常還美麗。」

「嗯，合格。你呀，只要一大意就會搞錯稱呼，要小心喔。以師徒名份相處時跟之前一樣是可以，但今晚我們可是做為夫妻在這裡的唷。」

莉莉亞再次挽住昴的手臂，此時餐廳的服務生現身將兩人領至座位那邊。或許是看準時機才過來的吧。從頭上散發著淡淡光輝的圓環與長在背部的純白羽翼判斷，可以得知對方是天使族。

「是預約的入家小姐吧，這邊請。」

然而昴他們走向座位的途中卻有人礙事，是一名身高將近三公尺的巨漢男人。這裡有服裝規定，所以那個人身上穿著西裝，然而領帶卻被拿掉，胸口也散漫地敞開著。雖然他恐怕是一名美男子，卻爛醉到足以糟蹋那副姣好容貌的地步。

「嗨，妳啊……是莉莉絲吧？」

因酒精與情欲而醜惡地混濁著的眼瞳，黏膩地從莉莉亞的角一路看到雙腿。

「你先報上姓名吧。」

「喂喂喂，不認識本大爺嗎？明明是淫魔的說。」

是習慣了這種貨色嗎，莉莉亞並沒有什麼特別的反應，只不過她露出了看見地上有垃圾的表情。

「我是阿瑞斯，妳知道的吧？」

記得有在哪裡聽過這個名字。

（記得好像是在某個神話裡出現的神……）

「不知道喔。」

雖不明是否真的不知，但莉莉亞確實對阿瑞斯半點興趣都沒有。

「喂喂喂，真的假的？我可是阿瑞斯唷？是英雄喔？欸，我請客，一起喝酒吧？」

「這位客人……嗚啊！」

服務生試圖制止卻遭到毆打，整個人被轟至牆壁上。真是可怕的怪力。

「要搭訕的話我拒絕喔，因為我可是有心愛的丈夫呢。」

「是人妻啊，真叫人受不了！嘿嘿嘿，本大爺在床上也是英雄喔!?莉莉絲雖然喜歡跨在男人身上，不過也試著被騎在下面一次看看，世界會改變的唷！」

「…………！」

昴還沒思考身體就先動了，他無法忍耐這種無禮男人用視線跟話語弄髒敬愛師父的美麗。

昴大大地展開雙臂，擋在男人與莉莉亞中間。雖然也感到恐懼，不過與憤怒相比根本微不足道。

「啥啊？這個人類小鬼是怎樣？該不會這東西就是妳的丈夫吧？」

那是宛如看到小蟲子般的眼神。實際上對出現在神話裡的英雄而言，昴這個普通人類就是比小蟲子還不如的存在吧。

「汙辱我的丈夫罪該萬死，做好覺悟吧，人渣。」

「哈哈，怎麼了，生氣了？不過緊繃的表情也很棒呀啊啊啊!!」

阿瑞斯試圖將昴推飛至旁邊的手臂，突然以駭人之勢爆開，從手肘那邊朝不合理的方向扭曲著。另外，前臂也噗滋噗滋地冒出黑洞，簡直像是被看不見的某物侵蝕似的。

「接著要毀掉另一邊的手臂喔，在那之後是雙腿。眼睛跟耳朵還有牙齒與內臟我也會一點不留地全部破壞。不過，我不會殺掉你的。永永遠遠地受苦吧，垃圾。」

「噫！」

阿瑞斯發出慘叫試圖逃離，就在此時，其他員工聽到騷動聲衝了過來，其中也有數名看起來像是跟阿瑞斯同行的人物。

「好久不見呢。那個是你那邊飼養的嗎？看起來像是沒教養好，所以我正準備處理掉呢。可以讓一讓嗎？就算是神我也不會客氣的唷？」

是認識留著氣派鬍子的初老男性嗎，莉莉亞用冰冷的語調向他搭話。看樣子那個人似乎是阿瑞斯他們那群人的領袖。

「抱、抱歉吶初始惡魔莉莉絲啊！我會重重處罰此人的！所以這次請妳務必放他一馬！」

「我拒絕喔，現在我可是久違數百年地動了真怒呢。繼續礙事的話，我就連同這間旅館一起消滅掉喔。跟你知道的一樣，我可不擅長控制力道。」

這句臺詞一出，這回換成旅館員工臉色慘白了。當然，餐廳裡的客人也一樣。

「師父……」

明白如今現場能制止這個遠古大惡魔的人唯有自己後，昴靜靜站到莉莉亞面前。

「就算是達令的請求，我也不能在這邊讓步喔。你也是知道的吧，現在我是真的很生氣。」

「無論如何都不行嗎？」

「嗯嗯。」

聲音讓人感受到絕不讓步的決心。

「如果在這邊忍耐的話，我，任何事都會做的。」

「任何事，都會做……？」

聲音讓人感受到絕不讓步的決心動搖了。

「要我死我就去死，所以師父，不，莉莉亞，這次請務必……」

「你為什麼這麼想死啊…………明白了，這次就看在我愛徒——不對，心愛老公的溫柔上，特別且例外又僅限這次地放他一馬。」

聽到莉莉亞此言後，在場的所有人大大地鬆了一口氣。除了因疼痛與恐懼而已經昏過去的阿瑞斯以外。

「昴。」

眾神將一動也不動的阿瑞斯搬去某處，莉莉亞連一眼都不望向他們，而是目不轉睛地凝視昴。先前為止的殺意消失，取而代之的是寄宿在眼瞳中的妖異光彩。

「要遵守約定。」

「是、是的。」

「任何事喔，任．何．事。你是明白的吧？」

「……是的。」

「好回答呢……那麼，我想起有件小事要做，你先回去吧，我也馬上就會過去的。晚餐就在房裡慢慢吃吧。」

莉莉亞啪答一聲彈響手指後，被阿瑞斯轟飛的服務生走向這邊。雖然步伐略有不穩，挺直的背脊卻很美麗。

「抱歉造成騷動了呢。我們要去房間吃，可以請你把料理送到房間嗎？」

「明白了。」

額頭大量流著血的天使恭敬地點點頭。

（好專業……）

昴正因為一流旅館員工的身姿而感動時，肩上咚的一聲輕輕傳來衝擊。是使魔烏拉。跟昨天旅館那時一樣，莉莉亞似乎是叫牠來當護衛的。

「那就待會兒見囉，昴。呵呵。」

莉莉亞尾巴莫名快樂地搖擺著，不知要走去何方。

「我們也回房間吧，烏拉。」

「嗚——」

「可以等一下嗎，莉莉絲的良人啊。」

昴走向電梯打算回房時，先前的老神叫住了他。他外表雖是老人，不過就算是昴也能感受到他絕非普通人。只不過平常昴就跟莉莉絲這種超乎常軌的存在相處，因此也沒被老神震懾住。

「……有什麼事嗎？」

「我是名為普魯托的神……啊啊，你用不著警戒的。先前一事完全錯在我方，請容我謝罪，抱歉了。」

「我已經不在意了。只不過下次再發生這種事，我就無法阻止師父了。」

「啊啊，無妨。到時候就隨你們開心吧。就算喝到爛醉好了，連雙方格局差距都搞不懂的人沒資格論英雄。」

口氣雖然平淡，卻反而表示普魯托是認真的。

「之後我會正式向莉莉絲跟你謝罪。不過，能讓我先表達一些歉意嗎？我好歹也是被稱為神的存在，就這樣回去也太可悲了。」

「不，讓神明大人道歉實在是……」

「就當作幫助老夫吧，請務必答應。拜託了，莉莉絲的良人啊。」

普通高中生不可能心平氣和地看神明低頭，昴急忙思考能讓事情和平收場的方法。

「啊，既然如此，有件事想請教一下。」

「只要是老夫明白的事，什麼都可以回答。」

昴向老神詢問的就是，他打算製造的魔道具的材料。

「什麼啊，需要那個嗎？要多少才行呢？一甕足夠嗎？」

「啥？不、不用那麼多啦。只要一點點就夠了。」

「無需客套……好，之後會送過去的。」

搞不好能用便宜價錢拿到手——昴是有這種程度的盤算，但對方居然提出那種分量，讓昴慌張地堅持表示拒絕。

3 因你而醉

與普魯托告別回到房間後，昴先拿出智慧型手機聯絡職場上司。這是為了再次確認他想製作的魔道具所必需的材料。

『沙羅曼蛇的肉跟萬靈礦石，兩邊都拿到手了？真的假的？』

『真的。沙羅曼蛇就是火蜥蜴嘛。』

『好，順便也拿下要給我的伴手禮。我想喝巴克斯的酒。』

『那邊已經拿到手了。』

『幹得好，我就誇你吧。製作時我會幫忙的。』

『請多多指教。』

傳送完訊息後，昴呼了一口氣。

「想不到進展得會這麼順利。」

「什麼很順利？」

「啊哇哇哇！師師、師父，是何時回來的!?」

莉莉亞在不知不覺間站到昴的身後。

「剛剛。」

「好、好快呢。」

因為完全感受不到氣息，所以昴的心臟撲通撲通地狂跳。

「嗯嗯，因為我一下子就找到目標物了……那麼，妻子不在時你在跟哪裡的誰講悄悄話呢？」

莉莉亞從後方緊擁坐在沙發上的昴，一邊發出沒有抑揚頓挫的聲音。

「請、請不要用這種在別人耳中很難聽的說法。」

「哎呀，我只是陳述事實而已喔？那麼，在蜜月中趁新娘不在時在說什麼話呢？」

除了雙臂外，莉莉亞也用翅膀捲住昴的身體，而且尾巴還輕戳後頸，明顯鎖定了頸動脈。

「都說了，別說這種會引來誤會的話。不是的啦，我只是聯絡卡塔莉娜小姐而已。」

「有罪，跟我以外的女人，而且還是天使不是嗎？」

「是打工場所的上司啦。」

「不行，出局，有罪。色徒弟的處罰定案了。」

昴也不認為莉莉亞真心懷疑自己偷吃，只是她肯定是在吃醋。

「明明有了師父，我不可能去偷吃其他女性的不是嗎？」

「那種事我曉得。」

「既然如此——」

「就算曉得，不行的事還是不行唷……哎呀，晚餐好像送到了呢。真遺憾，你的處罰就先放到一邊吧。」

把料理送到房間的人，是先前被阿瑞斯轟飛的天使。

「這個是本旅館經理送的陪罪禮。」

外觀上看起來很古老的紅酒酒瓶，讓喜歡酒的惡魔難掩喜悅之情。

（呵呵，這酒不錯嘛，還真大方呢。）

託美味料理跟高級紅酒的福嗎，在莉莉亞心中悶燒著的負面情感勉強平息下來，總算產生了跟昴一同享用晚餐的餘裕。

「昴要喝嗎？這個很好入口唷。在天界這裡，就算是未成年也能飲酒唷。」

「不，今晚就先不用了。畢竟我沒喝過酒，不曉得自己會變成怎樣。」

「就算你酒後亂性我也不介意喔。如果是會失去記憶的那種類型就非常有……耐人尋味就是了。」

「我會介意的。露出這種看到新玩具就在眼前般的表情，我會更加在意的。」

「無趣的男人呢，這裡就只有把我灌醉這一個選項而已吧。」

「我認為連酒都沒喝過的人，以每天狂灌酒的酒豪為對手執行這種作戰計畫，就只是一個蠢蛋而已。」

「就算你是蠢蛋我也沒差唷？蠢蠢的昴，很可愛不是嗎？」

「我不開心的。」

「是蠢蛋嗎？還是被說可愛？」

「……兩者都是。」

莉莉亞明白這裡面混雜著一些謊言，她看穿昂討厭的是後者。

「沒問題的，我是覺得你很可愛，不過也明白你是一個百分之百的男生唷。剛才真的很有男子氣概呢，我都重新迷上你了。」

「…………！」

昂的臉龐轉眼間變紅，簡直像是喝下了眼前的紅酒似的。

（這孩子對自我的評價相當低，不時就得提醒一下才行呢。）

雖然目的是為了讓昂有自信，卻也不是謊話，只是陳述事實而已。

「哎，喝太多或許會無法勃起，所以下次再跟你一起喝吧。就正在新婚旅行的夫婿來說，這個判斷並不差呢。」

「不、不是這種理由就是了。」

昂明明一口酒都沒喝，臉卻愈來愈紅的反應，對莉莉亞而言就是最棒的下酒菜。她一個人啜飲著紅酒。

「師父……莉莉亞，不會喝得太快嗎？請妳也要好好地喝水。」

「真愛瞎操心呢，我酒量很好你是知道的吧？」

這句話並非謊言，然而卻也沒到千杯不醉的地步。喝的量夠多就會醉到一定的程度，實際上過去也曾被徒弟照顧過數次。昴還是小學生的時候，莉莉亞就曾經一邊被昴摩擦背部一邊抱著馬桶嘔吐過，她真心想要抹去這段記憶。

「我承認師父酒量很好，但喝過頭是不行的不是嗎？」

「我年輕時可是把酒當水在喝唷。」

「雖然現在也很年輕就是了。」

「謝謝，不過內在已經是大媽了，所以果然還是有點醉了也不一定。可以稍微躺一下嗎？」

莉莉亞口吐言不由衷的話語，一邊朝坐在對面的夫婿伸出雙手。這是要他把自己抱上床的無聲命令。

「所以我不是說了嗎？」

當然，昴應該也明白莉莉亞並沒有怎麼醉。畢竟他是史上唯一一個曾數度目睹遠古惡魔莉莉絲嘔吐或是宿醉臥床不起這種可悲模樣的人類。

「真拿妳沒辦法呢。」

即使如此，昴還是會好好地像這樣回應要求，這也是他喜歡被莉莉亞撒嬌的證據。

「以前你睡著時，我會像這樣把你抱上床，現在完全相反了呢。」

被昂抱在懷中的莉莉亞，將頭靠在完全長大的徒弟的肩膀上。能用喝醉當藉口真是太感恩了。

「嘿咻……要喝水嗎？」

「肯用嘴巴餵我喝嗎？」

「如果您下令的話。」

「開玩笑的，那個下次再說吧。真的喝醉時就拜託你了。」

被放到床上後，莉莉亞乾脆地坦白自己在裝醉，這樣的莉莉亞讓昂露出苦笑。

「對了昂，剛才的約定你記得吧？任何事都做的那個約定。」

「是的，當然。」

「那麼，請你用這個。」

「……這個瓶子是什麼？保溼油……？」

看到莉莉亞拋過來的包裹內容物後，昂歪頭露出不解表情。

「哎呀，你知道嗎？」

「工作上我也用過類似的東西，畢竟魔具材料裡也有魔物皮革或是角啦牙齒啦之類的東西。」

「既然如此那就好說了，請你也用這個保養我的身體。這是像我這樣有角有尾巴的種族專用的油喔。」

先前莉莉亞說「有事要做」跟昴分別，就是為了把這個拿到手。向門房詢問後，得知旅館裡的美體沙龍有販賣這種東西，所以她立刻就買回來了。

「既然如此，乖乖使用旅館的美體服務比較好吧……畢竟是專業的。」

「你是在說什麼啊，覺得我有必要去保養嗎？我這個莉莉絲身為美之極致，為何必須花心思在美容上呢？」

「師父，妳說的話顛三倒四的，是真的喝醉了嗎？」

「閉嘴，笨蛋徒弟。讓你來做是有其意義的唷……啊啊，或許我教育徒弟的方式錯了呢。應該好好把你教成會在這種時候說『那麼，就用我的身體來塗油』，同時立刻脫個精光的樣子才對吶。」

莉莉亞露骨地表現出雞蛋裡挑骨頭的態度如此嘆息，一邊脫掉晚禮服跟內衣變成全裸，接著趴到大床上躺著。然後她大大地展開翅膀，用尾巴朝徒弟比了幾下叫他過來。

「我想昴應該明白才對，昴是無權拒絕的唷，因為你有說自己任何事都肯做。那就好好磨亮重要新娘女體上的每一個角落吧。」

「為、為何要用這種講法呢？」

「因為狼狽的你很可愛囉。好了，快開始吧。」

昴明白事到如今就算反抗莉莉亞也只是白費工夫，他先走出房間，然後立刻拿了一條浴巾回來。

「不然床單會弄髒的。」

「在這種地方費心思啊……」

莉莉亞重新躺到鋪好的浴巾上。

「請不要用遺憾的眼神看我……對了，要怎麼塗才好呢？我沒有這種經驗，所以不曉得呢。」

「這個嘛……就想成是在按摩吧，就像你小時候常做的那樣。昴按肩膀跟揉腰很舒服呢。」

「明白了……真懷念呢。」

是託想起往事的福嗎？可以明白昴的緊張感得到緩和了。昴將瓶內的油倒至手掌上弄暖後，再把油塗到莉莉亞的肌膚上將它推勻。

「會冰嗎？」

「嗯嗯，很舒服喔。再揉用力一點也沒關係。」

莉莉亞的肉體雖然能藉由魔力維持在健康美麗的狀態，卻不表示完全不會覺得疲勞或是僵硬，因此莉莉亞以前很常命令昴替她搥肩膀或是踩背部。用不著說，首要目標當然是享受肌膚之親。

「啊，好棒……好棒喔……最近昴完全不肯替我按摩，所以變得更舒服了呢。」

「因、因為我每次觸摸，莉莉亞都會發出怪聲啊？」

「被喜歡的男人摩擦玉膚，當然會發出嬌喘的不是嗎？畢竟就某種意義來說，這可是愛撫呢……欸，手停住了唷。不是……愛撫，是按摩，請你繼續。」

昴雖然想說些什麼，卻還是默默繼續按摩。剛開始時滑滑的油雖讓他感到困惑，不過是習慣了嗎，如今他已絕妙地拿捏力道放鬆莉莉亞僵硬的地方。

「呵呵，跟當時不同，正是男人手指的觸感呢，感覺又痛又爽。」

「會痛的話就要說喔？因為我還不會拿捏力道。」

「就算會痛我也不討厭。如果是你的話，弄痛我我也不在意唷。」

「……！」

意有所指的臺詞令昴身軀一震。能透過手指感受到這股震動，莉莉亞開心得不得了。

（不過，真的很舒服呢，這個。溼溼滑滑的，感覺會上癮。）

脖子、肩膀、肩胛骨、背部、手臂、手掌、腰、側腹、臀部、大腿、小腿肚、腳底等部位被愛徒用手指輕撫，漸漸被放鬆。昂想避開臀部，但莉莉亞當然不准他這樣。

「也在翅膀上塗油吧。這裡很敏感，要溫柔地弄喔。」

「好的。」

昂按照吩咐，溫柔且仔細地在翅膀上將油推開。他仔細地用大拇指指腹放鬆容易僵硬的翅膀根部，莉莉亞感到很高興。

「接著尾巴也拜託了。我想你應該知道才對，它是惡魔的性感帶……啊啊，講錯了，是要害，所以要特別死纏爛打地……不對，是慎重地做喔。」

「……是故意那樣說的吧？」

「是指什麼呢？」

莉莉亞一邊呵呵笑，一邊毫不在意地伸出尾巴這個惡魔最大的弱點。

「嗯嗯……可、可以不用這麼戰戰兢兢喔，更大膽地塗吧……啊啊，沒錯……呼嗯……嗯嗯……！」

昂雖然相當溫柔，不過敏感的尾巴被觸碰，莉莉亞仍是叫了出來。

（尾巴，好久沒被欺負了……啊啊嗯，嗯啊，嗯啊，明明可以再握用力一點，再多套弄一點的說……呼啊！）

全身毛孔開啟般的快感令赤裸身軀顫抖，然而莉莉亞卻期望落空，尾巴的保養一下子就結束了。

（欸，已經結束了？可以再多套弄幾下，再多逗弄前端幾下，不然看是要舔要吸還是要咬都行的說。）

莉莉亞也考慮過命令昴繼續玩弄尾巴，不過今晚的目的並不在此，因此她強忍下來了。

「呼啊……真棒呢，昴。不愧是我的色徒弟。」

「一般而言那是辱罵就是了。」

「是在誇你唷？你是淫魔莉莉絲的徒弟，所以被說很色可是勳章吧？啊，不過，不行讓其他女人這樣說唷？我是不會允許的。這種下流的行為你只能對我做喔。你是明白的吧？」

剛剛才塗過油的尾巴輕輕捲住昴的脖子。

「明、明白，我明白的！」

「真的嗎？如果花心的話，我就社會性地抹殺你。接著把你關在房間裡再也不讓你吸到外面的空氣，讓你永遠當我的寵物。」

「不會做的啦！為何有莉莉亞這種最棒的女性在身邊，還有必要花心呢!?」

「……那就好。」

這次的回答很好唷——有如這樣說般用翅膀摸頭後，莉莉亞鬆開尾巴。

莉莉亞也不是真心認為昴會花心。話說回來，只要有花心的徵兆出現，她就會用全力不擇手段地消滅對方吧。

「尾巴讓我想起一件事……以前我就覺得很不可思議呢，為何我們會長這種東西。角也是如此，翅膀嘛，哎，你懂的吧。」

莉莉絲能用魔力飛翔，而在飛行時翅膀扮演的角色就是負責控制魔力流動。只不過那畢竟只是輔助，就算不展翅也是可以飛行的。

「是惡魔的象徵嗎？」

「或許吧……就你們人類的角度來看，有角跟尾巴比較可怕吧？」

「我並不會……畢竟我對有角跟尾巴的莉莉亞一見鍾情嘛。」

「因為你很特別。」

昴害羞地說出這些臺詞後，莉莉亞也咻咻咻地揮動尾巴。

「嗯嗯，不過，是呢。剛開始一起住的時候，昴老是跑來玩我的翅膀跟尾巴還有角呢。」

判斷時機成熟後，莉莉亞進入主題。

「是、是這樣子的嗎？」

這是明顯記得的反應。

「我可不准你說忘記了唷。翅膀就算了，把惡魔要害的尾巴跟自豪象徵的角拿來當玩具亂弄，一般來說可是會有問題的吧？」

「當時真是抱歉。」

「我沒生氣唷。畢竟你當時完全沒有正確的惡魔相關知識。不過，現在不一樣了吧？因為你可是我的、大惡魔莉莉絲的徒弟，不對，是達令呢。」

「……是的。」

可以感受到如同埋去護城河似的，或是堵住逃跑路線般的措辭讓昂起了戒心。他可不是白白跟莉莉亞生活了十年，是察覺到了什麼吧。

「以此為基礎，替我保養角吧。」

4 初嘗正常體位

（角……惡魔的角……）

昴雖然也對莉莉亞的某種企圖抱有戒心，事實卻比他料想的還惡劣。

就算同為惡魔，擁有角的意義也會因種族而大有不同。然而，如同莉莉亞本人方才所言，對莉莉絲來說角是大惡魔的象徵。

在惡魔中也有人角很敏感，但至少莉莉亞並非如此。

「欸，怎麼了？快點弄吧。啊啊，沒事的。跟尾巴還有翅膀不同，這個幾乎沒有感覺，就像指甲之類的東西呢。」

如此說道後，全裸的惡魔面帶賊笑望著這邊。

「不，再怎麼說角也……那個……」

「我都說可以了，小事就別在意了。」

「不是小事喔，觸碰莉莉絲的角就表示，那個……」

「是呢，在這種情況下，意思就是讓我臣服吶。這樣很好不是嗎，因為我已經是你的妻子了。來嘛來嘛，快啦快啦。」

莉莉亞面部朝下地搖著頭，催促昴玩弄角。

「反正你已經胡亂凌辱過我的角了，事到如今猶豫也沒意義了吧？」

「都說那是小時候的事情了。」

「一樣喔，不管是八歲還是十八歲，對我來說都沒什麼不同。而且你不久前才把我的角當成把手，對我進行強制口交的不是嗎？」

「…………」

這下子已經無路可逃了——昴做好覺悟重新拿起保溼油，跪坐在啪嗟啪嗟踢著腳的美麗惡魔身邊。

「等一下，昴。你該不會打算用這種姿勢做吧？」

「欸？不好嗎？要、要用膝枕嗎？」

對昴來說這可是拚了命才說出口的提議，莉莉亞卻輕易地否決了。

「這是要讓莉莉絲臣服的儀式，這裡應該要騎到我身上才對吧？」

「我不記得答應過要進行這種儀式就是了。」

昴姑且表示異議，但他也不覺得莉莉亞會把話聽進去。

做了數次深呼吸做好覺悟後，昴跨到世上最高傲、最美麗的惡魔的裸體上，然後輕輕放下腰。

「很久沒被昴當馬騎了呢，想起你小時候命令我玩騎馬打仗的事情了。記得當時你把角當成韁繩用，還用力拉我的尾巴呢。」

「我沒做這種事！請不要若無其事地捏造罪行！」

「哎呀，是這樣子的嗎？那麼你現在做也行唷。大人的騎馬打仗，就算要用鞭子打我也允許，畢竟是大人嘛。」

「不會做的啦！」

昂的精神面被興致高到亂七八糟的淫魔以猛烈之勢不斷削弱著。

（事、事已至此，快點在角上塗油結束這一切吧！這種狀況誰能忍住啊，我會失去理智的……！）

昂騎在莉莉亞纖細到讓人害怕的腰部上，就這樣略微前傾輕輕握住兩隻角。

「嗯……！」

明明應該幾乎沒有觸覺，莉莉亞卻發出甜美嬌叫聲，昂不由自主地停下手。然而尾巴卻輕戳了幾下，所以他繼續保養角。

（雖然又硬又尖，卻有一種想要一直摸的奇妙感覺……）

為了讓油滲進去，昂細心又仔細地從根部朝尖端輕撫角。一想到能對這根角做出此舉的人史上唯有自己一人，胸口內側就湧上一股難以言喻的心情。

「騎在莉莉絲身上，又玩弄角的人類，你可是空前絕後吶，昂……開始興奮起來了吧？」

「…………」

沉默正是肯定的證據。然而身為徒弟，昂也不能開口承認，所以他什麼也沒說繼續摩擦角。

「跨在我身上是怎樣的感覺？對人類來說，我似乎是連亞當跟撒旦都不准使用正常位的女人唷？」

「這種事只是謠傳。」

腦袋雖然理解，卻無法抑制醜惡的情緒。是嫉妒亞當跟撒旦的這種、正可說是空前絕後的心情。

「是呢，因為我的第一次都獻給你了嘛。」

莉莉亞的話語讓心情略微輕鬆了一些。

「只不過做愛時想在上面的習性是事實喔，理由我也不曉得就是了。話說回來，為什麼臭人類會知道這種事我也覺得很不可思議呢，真是一群無禮之徒吶。」

莉莉絲的這種謎之習性無疑產生了各種虛偽的傳承。阿瑞斯的那種卑劣態度要追根究柢的話也能追溯至此。

（啊，一想起來又開始火大了。）

「對了對了，那個下賤男也說過呢，想騎在我身上什麼的。」

莉莉亞提及先前的騷動，就像看準時機似的。

「是你的話就可以喔。」

什麼「可以」，昂並不是不曉得。而且，他也明白這是莉莉亞繞著彎在索求自己。

「說出這種話，我，可是會失控的喔。」

昂一邊用雙手執拗地玩弄兩根角，一邊將嘴巴湊進新娘耳畔低喃。從略微染上赤赧的耳朵，以及後頸飄散出來的甜美香氣中，可以感受到莉莉亞的發情程度。

「嗯……隨你喜歡吧……就這樣，從後面侵犯我？趴著比較好嗎？」

從後面貫穿莉莉亞。這的確是很有魅力的提議，然而昂只知道被莉莉亞騎在上面的體位，對這樣的他來說難度感覺有些高。更重要的是，他想看看初次在自己身軀下方的莉莉亞會露出何種表情。

「請用仰躺的。」

「明白了，盡情享受我的正常位處女秀吧。」

5 可以征服我唷

莉莉亞仰躺後，主動朝心愛的夫婿張開股間，祕處早已因期待與興奮而溼潤。

昂一邊目不轉睛地凝視這樣的莉莉亞，一邊也褪去衣服變成全裸。感到股間的腫脹雄物比平常還大並不是錯覺吧。

（在男人下方是這種感覺啊。）

長達數千年的人生中，莉莉亞本人也一直對「不想被男人壓在下面」的習性感到疑惑。然而就算昴緩緩覆蓋上來，那個習性也沒有發作。

（還以為一定會有像是詛咒發動之類的痛楚，結果什麼都沒有嘛。雖然很好就是了。）

看樣子這個謎樣習性似乎只是做為始祖惡魔的自尊變化而來的，明白這點後莉莉亞鬆了一口氣，畢竟如此一來，與昴的夫妻生活就會變得更有空間。體位的豐富性增加她可是歡迎至極，因為莉莉亞也是淫魔的始祖。

（不想讓昴因為老是用騎乘位而厭倦，也不想要他花心。）

莉莉亞也不認為這個一往情深的少年會對自己感到厭倦，或是對其他女人見異思遷。雖然沒這樣想過，她還是想在能力範圍內事先做好所有對策。對莉莉亞而言，昴就是如此難以取代的存在。

「如何？從上面俯視我的感想是？滿足征服欲了？興奮了？」

「征、征服欲什麼的我不是很懂，不過心臟，撲通撲通地，狂跳著。」

昴雙膝跪在莉莉亞腳邊，就這樣用火熱視線注視這兒。莉莉亞全裸的模樣明明已經看過好幾次了，射向肌膚的視線卻依舊扎人。這讓莉莉亞感到喜悅，而且也有一點害羞。

「我也，一樣喔。平常感覺都是我在抱你的說，如今……卻有一種被你侵犯的感覺。」

「什、什麼侵犯……」

「我並不討厭唷，也不會害怕呢。只是胸口小鹿亂撞，子宮也縮得緊緊的，小妹妹也溼答答的了。」

莉莉亞觸摸就算仰躺也沒有變形的奇蹟美巨乳，輕撫微微上下移動的肚臍四周，然後用手指輕輕張開因淫汁而溼潤的媚脣。在這段期間內，莉莉亞一直沒從昴身上移開目光。不對，是移不開。

（是男孩子的，眼神。不對，是雄性的眼神呢。打算讓女人——讓雌性屈服呢……啊，討厭，又要溢出來了……！）

莉莉亞曉得用手指掰開的肉翅深處正黏膩地分泌出愛液。乳頭跟陰蒂充血，配合心跳而發麻。

「好了，快來吧。打算讓女人撐開小妹妹多久呀？把妻子寂寞的肉穴填滿，就是良人的工作吧？……嗯嗯！」

昂的前端抵住祕裂。為了把祕蜜塗抹在龜頭上，雄物沿著裂縫移動了數次，簡直像在吊胃口似地令人感到很難受。

（啊啊，好熱……而且，真硬……！）

想盡快品嘗到這根雄壯的陽物，想要它貫穿肉穴，親吻女體最深處的念想讓淫魔淫靡地扭動腰部。

「啊啊，莉莉亞……嗚嗚！」

將陰莖埋入溼潤洞穴的同時，無數雌性皺摺也一起蠢動起來。嬌媚黏膜聚向推開緊致膣道進入深處的年輕雄竿，有如不讓獵物逃掉似地纏上，將它吸住緊縛。

「來了……啊啊，進來了……嗯啊，啊，呼啊啊啊……！」

在身穿漆黑婚紗初次結合的那個洞房夜之後，體驗過的結合次數已經達到三位數，然而正常位插入的刺激感卻與任何一次都不同。

（完、完全不一樣……雖然一樣很舒服……啊啊，這是，什麼……啊，好深……昂的雞雞，直達深處……嗚！）

不論是正常位或是騎乘位，插入深度本身並沒有太大的差別。然而侵入角度不同，承受壓力的點也會跟著改變。更重要的是，自己正被何人壓在下面，被何人貫穿的事實擾亂了莉莉絲的心。

「莉莉亞……咕，啊，不、不會，痛吧？」

「嗯嗯……甚至可以說舒服過頭了……沒事的，隨你喜歡的去動吧。」

用這種體位對接，對昴而言也是初體驗。莉莉亞在上面時昴也會積極地使用腰部，不過正常位的活塞運動果然還是很不順手。插入時雖然順暢，之後的抽送卻還是有一些生硬。

（不過，這個，或許不錯……昴拚命地為我努力著，好開心……）

莉莉亞也是第一次在下面，並不曉得該如何接受突刺才好，因此她將一切交給愛徒處理，自己什麼也不做。

（嗯……昴看起來習慣了不少，節奏也變好了。呵呵呵，確實地狙擊著我有快感的地方……啊，沒錯，就是那邊，那兒就是我喜歡的地方……啊啊！）

就算體位改變，甜蜜點也沒有移動。在至今的夫妻生活中確實地學習到，以及完全找出來的性感帶漸漸被集中進攻。

「呼啊，啊，嗯啊……嗯嗯嗯！呀嗚，呀嗯，呀啊嗯嗯！」

莉莉亞自己也曉得嬌喘聲開始改變了，迎接肉筒插入的蜜壺開始活躍地蠕動，溢出的愛液逐漸帶有白濁色調。

與剛插入相比，昴在不知不覺間變得前傾，能在近距離看到額頭浮現汗水埋頭苦幹的臉龐令人欣喜。

「如、如何，身為人類初次推倒莉莉絲的感想是？嗯啊，呼啊！呵呵，用不著問呢……啊啊，真雄偉呢……昴今天的雞雞又熱又硬，非常地雄壯……呼，呼啊，呼啊啊啊……！」

在上面跨坐時，基本上能用自己的節奏去動。然而現在昴掌握著步調，這讓莉莉亞感到心癢難耐，同時也很新鮮。

「從上面看莉莉亞也，很美，棒極了……最喜歡了！」

「噫呀啊啊啊！啊啊，不行，不行！啊，啊啊啊啊啊!!」

是習慣用這個體位使用腰部了嗎，或是射精感湧上來了呢，昴的活塞運動提升了一檔。因悅樂而軟化的女肉被激烈摩擦當然用不著說，一邊被訴說愛意一邊被揉捏乳房也讓人受不了。

（不行，不行，好快……小妹妹被這樣猛撞的話……啊啊，胸部更加不行的，而且你的揉捏非常舒服……噫！）

猛獰勃起鑽挖敏感的膣壁，輕戳盡頭處的肉環。每被突刺一下，大大搖晃的豐乳就會被亂揉，前端的肉尖被套弄，而且——

「莉莉亞，喜歡妳，喜歡，最喜歡了……啊啊，莉莉亞，莉莉亞……啊！」

不只身體，連心靈都打算同時擊墜的愛之話語接連發出，貌美惡魔完全處於劣勢了。

（只、只在這種時候才不害臊地說喜歡……這個笨蛋徒弟，笨蛋笨蛋，平常就要說啦，你這個……愛徒！）

「我也，喜歡喔……我也喜歡你……啊啊，撞我，愛我到最深處……咕唔，沒錯，那邊，啊啊，小妹妹……有效果了，受不了了！呀嗚嗯！啊，去了……去了……要去……!!」

在甜美話語與乳房攻勢連同抽送的三重攻擊下，莉莉亞的女體高潮了。是漫長人生中初次的正常位高潮。

密穴強烈地收窄，縛住勃起雄物。然而，年輕雄性卻沒有停止動腰。別說是停止，其至還有如要抗拒膣穴收縮般不斷使出更強力的活塞運動。

「呀，呀啊，等等……昴，不要……啊，去了，我去了啦……呼噫，你在，做什麼……啊啊啊!!」

新刺激再度襲向因恍惚悅樂而痙攣的女體。昴伸手弄了些剩下的油，開始將它塗在莉莉亞的胸部上。

「它是世上最美麗的胸部，所以得好好保養才行！」

「保、保養什麼的就免了……啊，呼唔，不行，滑溜溜的，噗行呀！噫咿！嗯呀嗚，啊咿嗚嗯！」

柔軟乳房被厚厚塗上大量保溼油，在昴的手下慘遭蹂躪。以滑溜到不行的乳房為對象，毫不客氣地釋出年輕欲望。

（胸部還是第一次被這麼粗魯地，玩弄……不過，這樣也不錯……真的像是被昴侵犯似的，叫人受不了……再多欺負，更加地欺負我，胸部跟小妹妹都盡情玩弄吧……!!）

昴努力地試著揉捏發出溼黏光彩的巨乳，然而它被油弄得滑不溜手，所以做得並不順利。每次沒抓好，手指就會滑掉刺激到淫猥地勃起著的乳頭，令人心癢難耐。

「呀嗚……噫啊，啊啊，又是，乳頭……！啊咿嗯，噫嗯，噗行……已經，胸部不行的……呼嗚嗚，去了……又要去了啦……！」

是判斷進攻乳頭很有效嗎，昴開始狙擊莉莉亞的前端。隆起到很淫賤的粉紅色乳頭左右兩邊同時被抓住，上下套弄，捏來捏去。保溼油也助了一臂之力，至今從未體驗過的快感在胸部頂端擴散開來。

「噫咿咿，啊咿，嗯，嗯啊啊！已、已經，不行了……老是弄前端……噫，噫啊，昴這個笨蛋……啊嗚，嗯嗚，嗯嗚！」

當然，在床上也很優秀的愛徒並未中斷活塞運動。他不斷衝突因輕微高潮而變得更柔軟的膣穴，在子宮內累積悅樂。

（這個，已經到極限了……要爆炸了，下次再高潮，我就會變奇怪了……！）

到目前為止的境界，莉莉亞也體驗過。然而在這前方，比現在還深沉的雌性悅樂就是未知的世界了。如果是平常的話，莉莉亞會先在這邊停下動作。然而，今晚她卻做不到這件事，因為現在手握主導權的人是騎在莉莉亞身上的昴。

「啊啊，莉莉亞的小妹妹，又變緊……嗚嗚！」

如果是莉莉亞主導時，昴或許已經射精了。然而在快爆發時他可以控制抽送力道強行忍住，所以看起來比莉莉亞還從容。這就是掌握主導權的強處。

「呼嗚，要去，要去……噗行，要用乳頭去了……去了……啊，啊啊——!!」

肢體倏地一震，迎來不知是第幾次的絕頂。強度雖淺，接二連三的高潮仍然很具衝擊性。被拖進無底的女悅沼澤很可怕，卻也令人感到喜悅。

（好猛，好厲害……居然這麼舒服……啊，要墮落了……被弄到墮落了……雖然不甘心，卻受不了……！）

莉莉亞有預感下次高潮將會是最後一擊，那是無限趨近於確信的預感。翅膀跟翅膀在不知不覺間捲住昴的背部與雙腿，祈求昴就這樣攻陷子宮，表現出不適合淫魔莉莉絲的心願。

「昂，來吧……快來吧……把我，把莉莉亞弄得亂七八糟……呼啊嗯！」

是想法傳達出去了嗎，昂將身體靠向這邊。塗滿油的豐乳在兩人中間被擠扁，乳頭每次摩擦到昂的胸膛，莉莉亞就會漏出甜美鼻息。

昂接著握住莉莉亞的雙腕，使勁將它們壓在床上。意識到手被奪走自由的剎那，一股甘美電流從尾巴竄升至角尖。被虐的妖異激昂感令膣穴肉摺蠕動，淫賤地鎖住陰莖。

「我要直撞衝刺到最後。把我最喜歡的莉莉亞的，最重要的地方，變成我的所有物。用我——就用我把那邊填滿到再也容不下別人的地步……！」

在毫不隱瞞獨占欲的體內射精宣言後，猛烈的活塞運動襲向莉莉亞。完全得到自由的昂，使用腰部毫不留情地貫穿女體，強行促使目前為止累積的肉體悅樂進行解放。

「噫，噫，噫咿咿！噫嗯，唔啊，呼啊嗚！」

莉莉亞知道蜜壺變軟，知道意識溶化，知道子宮想要受孕。更重要的是，她清楚地明白自己的精神想屈服於這名少年。

「昂，昂嗯……嗯嗯……嗯，嗯嗯——!!」

而且，唇瓣在這個節骨眼被奪走了。舌頭被用力吸吮，做為代價則是被噗嚕嚕地注入唾液。當然，莉莉亞開心地嚥了下去。她想要再多喝一些似地主動伸出舌頭，同時也用雙腳腳跟用力推擠昴的腰部渴求精子。

「嗯啾，啾，啾噗……嗯嗯……啾，噗啾，啾噗嚕！」

兩人一邊響著舌頭與唾液交織而成的淫蕩水聲，一邊衝上通往恍惚極樂的螺旋階梯。

（把我，把我變成你的女人！讓莉莉絲墮落成普通雌性吧……啊啊！）

咕哩——子宮口被重重向上擠的瞬間，莉莉亞終於迎來女人的極致。她軟癱地伸出舌頭，裸體就這樣因甜美過頭的恍惚感而顫抖。

「去了……去了……去了……噫咿……噫咿咿咿咿!!」

然而，昴還沒停止動作。簡直像是最初就看準這點似的，死纏爛打地衝撞莉莉亞因高潮而痛苦掙扎的女陰。

「等一下，不，不要，啊，去了，我，去了……啊啊，昴，等一……呀，啊，剛剛，去了，我，明明正在盡情地高潮中！噗行，噗行啊啊啊!!」

未知愉悅甚至讓莉莉亞感到恐懼，因此她立刻亂動試圖逃走。然而，被壓住的雙手卻動不了。她再次被親吻，舌頭被吸吮，連悲鳴都被奪走。

然而，這一切都化為被虐的愉悅。

（去了，又去了……一邊去一邊高潮……啊，來了……不行，真正的服從高潮要來了……要衝上敗給昴的高潮了……!!）

「咕……嗚嗚！」

「噫嗚嗚嗚!?嗚，呼，呼——!!」

而且在這個最惡劣、最棒的時機上，昴爆發了。他陸續在嘴裡注入唾液，膣內灌進精液，試圖將師父染成自己的顏色。

（不要，去了……又去了……我，已經不行……不行不行……不行！去了……要去……!!）

被自幼慈愛地養育成人的徒弟壓在下面連續衝向高潮，帶給莉莉亞難以忍受的屈辱，以及完全無法與其相比的駭人幸福感。

6　果然還是反擊了

「就把弱點暴露在外這點來說，你這裡跟我的尾巴沒什麼差別呢。」

相擁在一起沉浸在幸福餘韻裡時，莉莉亞忽然想起此事，讓尾巴爬上昴的陰囊。

「呀嗚!?等、等一下師父，妳在碰哪裡……啊哇哇！」

將臉龐埋在莉莉亞胸部谷間的昴試圖逃脫，不過莉莉亞當然不會容許這種行徑。她雙手雙腳連同翅膀都用上緊擁愛徒，奪去他的自由。

「呵呵，不行，不讓你逃走唷。這是狠狠凌辱我的報復。」

雖然帶著開玩笑的語氣，卻也有幾分是真心的。

（只有我那麼狂亂，果然還是有些懊悔呢。畢竟提醒徒弟不讓他得意忘形也是師父的職責。）

莉莉亞一邊對自己說藉口，一邊用尾巴前端有如裹住般溫柔地摩擦可愛徒弟的子孫袋。

「呼唔！」

「就算精子再怎麼怕熱，將這麼纖細又絕對是要害的地方暴露在身體外面並非上策吧？還是說想被雌性玩弄才露出來的呢？欸，你是怎麼想的？」

明明提出問題，莉莉亞卻再次把昴的臉龐沉入乳房封住發言，然後回來輕撫昴又軟又硬、具有兩種觸感的陰囊。

「呼唔！」

「沒事，我不會弄痛你的。我只是想好好慰勞一下剛才挺努力的蛋蛋啦……真的很努力呢，這個。」

「唔──唔──！」

「什麼嘛，屁股一抽一抽的，很舒服嗎？想射的話，要射出來也行喔。你的雞雞牛奶，我會用尾巴全部接下的。」

如此說道後，莉莉亞加速尾巴的動作，但她並不是真心打算讓昴射精。她計畫就這樣玩弄一陣子後，這次換成自己在上面再戰一場。

（畢竟一直輸的話，身為師父面子可掛不住吶。）

望向瓶中還剩下一點點的保溼油後，莉莉亞決定先用乳交進攻。

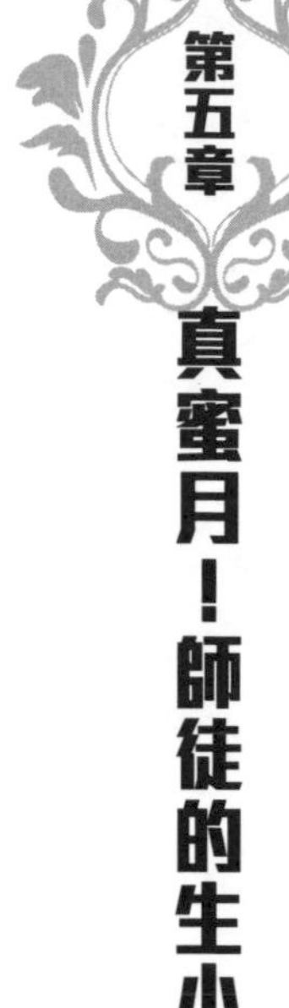

第五章 真蜜月！師徒的生小孩騎乘體位

1 我能做到的事

三天兩夜的新婚旅行結束，平安無事地回到家裡後，隔天立刻回到上學打工這種一如往常的日常生活。與魔界、天界這種超乎常軌的場所之間的落差雖令昴一驚一乍，但他仍然順利地適應了。

「這也是當然的吧，因為你所謂的日常，對普通人而言已經夠不平常了。」

卡塔莉娜露出「你是在講啥啊」的表情，手中拿著的是昴剛才給的旅行伴手禮串刺團子（不是團子串這點很有魔界風格）。我很喜歡這個呢──天使如此表示，大塊朵頤著魔界名產。

「我是把自己當成普通人生活著就是了。」

發完伴手禮後昴坐回自己的位置，著手寫完連休前沒能處理完的作業報告書。它能用來當成要給客人的請款單，有類似的工作進來時也能變成參考資料，所以踏轎這裡規定要盡可能地詳細記錄。

「普通人不會在這種店裡跟天使或是神明一起工作，也不會保養驅逐惡魔的武器，也不會打磨要給魔族用的裝飾品唷。」

「或許同事跟客人有點不平常吧，但我覺得工作本身並沒有那麼特殊喔。畢竟我負責的工作完全不需要特殊技能或是魔力嘛。」

「你總是在打磨飾品吧？那個普通人是做不來的唷，他們會很害怕，光是觸碰都做不到。」

「欸？是這樣子的嗎？」

根據卡塔莉娜所言，魔族長年佩帶的東西偶爾也會寄宿著魔力。這對人類來說刺激太強烈，甚至會無法觸碰。

「可是師父肯定地說我什麼魔力都沒有耶？」

為了待在莉莉亞身邊，年幼的昴表示想要拜她為師，然而美麗惡魔卻立刻——

「你完全沒有這種才能喔。」

撂下這句話，當時的冷徹表情至今依舊難忘。

無法跟莉莉亞待在一起，會被拋棄——昴大受打擊而淚眼汪汪後……

「所以我會教昴其他事情的，這樣就行了吧，笨蛋徒弟。」

師父立刻有些慌張地補上這句話，當時她有些靦腆的表情，至今仍然歷歷在目。

「就算沒有魔力，在某種程度上也習慣了。你呀，對魔力的耐受性可是挺強的喔。哎，這也是理所當然的事情嘛，畢竟你總是跟那個在相處囉。」

「喔。」

昴簡直沒有實感，因此曖昧地點點頭。

「話說回來，普通人類不會跟大惡魔莉莉絲同居，更不會娶了對方。在哪個世界裡才會有跟莉莉絲一起去度蜜月的男高中生啊。與其說特別，不如說你很異常。」

「與其說是娶，不如說我是入贅呢。」

「囉嗦，小家子氣，別對前輩雞蛋裡挑骨頭。」

「妳應該再多學學昴同學的纖細之處喔，卡塔莉娜小姐。這份隨便的報告書是怎樣？重寫。」

金山店長啪的一聲把文件放到天使光環上，他也正大口吃著赤紅色的串刺團子。

「欸——我寫了最低限度的必要資訊啊。」

「不行，明天前請重寫一次。」

「店長壞死了，惡魔。」

「我好歹也是神就是了……啊，對了昴同學，剛才交過來的那個東西我調查好了唷。」

兩人的對答讓昴感到有些治癒時，金山把臉轉了過來。昴決定對沾到神明臉頰上的團子殘渣視而不見。

「怎、怎麼樣？」

「那個兩邊都是真貨唷。為何這麼輕鬆能弄到手，反倒是嚇了我這邊一跳吶。而且分量也夠，如此一來好像就能製作你想要的魔具了。」

「真的嗎!?太好了！」

「欸，那個是指之前說的那個？真的是真貨嗎!?」

卡塔莉娜吃驚地張大嘴巴，昴決定對夾在天使門牙上的紅豆餡視而不見。

「是的，一個是偶然發現旅行地點有在賣，一個是用了點關係請別人送過來。運氣很好呢。」

告知在天界認識的老神名字後，卡塔莉娜一臉愕然地如此說道。

「你啊，果然不是普通人喔。普魯托可是非常上位的神明呢？」

2 悄悄接近的危機？

遠古惡魔莉莉絲在自家客廳瞪視著平板電腦。她瞇起光是凝視就能魅惑任何對象、具有神祕色彩的眼瞳，因深沉煩惱而微微嘶起鮮紅脣瓣。

「是最近好運用光了嗎，籤運真差呢。」

如此說道後，她進行了光是今天就不知是第幾次的充值。

「想出期間限定抽卡這種極惡系統的人類，簡直就是惡魔嘛。」

如果昴在場就會說「師父就是那個惡魔的祖先大人吧」，然而徒弟兼夫婿現在在學校，而且今天也要打工，所以也會晚歸吧。

「是你的錯喔？因為你把師父大人——新娘丟著不管跑去上學，我為了排遣寂寞才不得不用這種剎那間的遊戲逃避現實嘛。」

邂逅昴的很久以前就一直過著繭居生活的莉莉亞，一邊朝空無一人的空間如此低喃，一邊充值昴好幾天的打工薪資。使魔烏拉也去當昴的護衛，所以自家公寓裡只有莉莉亞一人。

「我這個有錢人，有義務活絡世上的經濟呢。沒錯，這個是義務喔。」

即使如此還是停不住自言自語，就是她好歹也感受到了罪惡感使然。

（昴畢業後，肯跟我一起當專業家裡蹲嗎？）

上級惡魔要負責管理責任區域內的魔族，也會拿到相對應的大量報酬。託這個體制之福，可以維持某種程度上的治安。

不過莉莉亞是第一世代——初始惡魔莉莉絲，因此實際上只是名譽職，長久以來都是只有報酬會匯進來。另外，除此之外她也有各種收入，從紀元前就在收集的財寶更是價值連城。

（為什麼昴在那種爛父母跟我的養育下會變成那麼正經的人呢？真是謎團吶……）

花費昴十天份打工薪資總算拿到目標稀有卡後，莉莉亞暫時關掉了平板電腦的電源。她從自己躺著的床上起身，大大地伸長手臂。雖然肉體能藉由龐大魔力長保年輕美麗，卻無法完全避免疲勞跟僵硬感。

「睡覺前再請昴按摩一下好了。這次讓他用色色的潤滑液也不錯呢……嗯，電話？伊南娜？」

是老熟人打的電話，先前造訪天界時也有見過面，也有將昴介紹給對方。

「我是莉莉亞喔，有新情報出現嗎？」

關於對昴施加詛咒的邪教集團，對其進行的警戒與調查工作現在仍在持續中。對莉莉亞來說，昴的安全與健康就是第一要務。

在天界見面時，從伊南娜口中得到的情報與伊格蕾特在魔界提供的訊息大同小異。所以有可能出現新情報讓莉莉亞雙眼一亮。

『嗯嗯，不過，是那種不太開心的情報。』

伊南娜的語調讓莉莉亞表情也為之一斂。

「告訴我吧。」

『有報告指出那個集團似乎跟天界之人有所接觸。』

「說到天界之人……是天使？還是神？」

魔界曾跟天界激烈地鬥爭過。現在正在休戰中，和平狀態也持續了很長一段時間，是一個可以稱之為和平的時代。雖然現在變成親密好友，但莉莉亞與伊南娜過去也曾經戰鬥過。

只不過這兩人的情況並非與魔界天界有關，而是因為極為私人的理由而大打出手。而且，這件事已經久遠到雙方連打架的理由都忘記了。

『不是天使。如果是天使這種程度，我就動手了。』

輕描淡寫說出危險言論的伊南娜，在天界也是赫赫有名的武鬥派女神。伊南娜以惡魔般的凶暴性還有攻擊力為豪，莉莉亞則是擁有離譜魔力造就的壓倒性防禦力，兩人的打架——更正是戰鬥，至今在魔界與天界仍是茶餘飯後的話題。

「不是天使……一言不合就打架的妳還沒動手……也就是說，是神吧。而且那個神隸屬的團體還有點名氣嗎？」

『雖然有地方想要訂正，不過嘛，就是這麼一回事。如果是單獨的神，我早就揍扁對方了。』

女神又若無其事地做出問題發言。

「啊，該不會是阿瑞瑞斯那個腦袋很遺憾的神吧？」

『瑞多了一個，雖然覺得這樣比較適合他就是了……能立刻說出名字，就表示妳心裡有底呢？妳就是這樣，一定是狠狠甩了對方吧？』

眾神中也有很多好女色的神，最美麗的惡魔莉莉絲過去就曾被撩過無數次。當然，她連一次都沒把對方看在眼裡。

莉莉亞之所以來到極東之地靜靜享受鬺居生活，逃開這種煩人傢伙也是目的之一。

『那個阿瑞瑞……失禮了，阿瑞斯下落不明。有目擊情報表示他前往人界了，請妳小心。』

「原來如此，直接對上我會打不過，所以打算跟盯上昂的傢伙聯手啊。」

『實際上不曉得是哪方主動接觸的就是了。哎，差不多就是這樣吧。天界也有人還是看妳這種魔族不順眼，所以知道阿瑞斯跟妳的騷動後，有人出來替他跟人類牽線吧。』

伊南娜很愧疚地說道。

「別在意，這點彼此彼此。不過如果覺得多少有點內疚的話，就麻煩妳繼續收集情報囉。我是完全不在意自己被盯上，要放對方一馬也行，但對我家徒弟出手的話我會將其抹消的。」

『呵呵，妳真的很喜歡那個人類呢。我也差不多該找個好男人了。』

「我家的徒弟可不會給妳唷，因為他是我的。」

『明白啦，我也不想跟妳進行那種泥沼般的戰鬥。明明完全沒攻擊力，防禦力卻是蠢翻天的鐵壁……我有請在人界的同伴們幫忙尋找阿瑞斯的下落，不過也請妳要好好注意。』

「了解了，我會讓他曉得對莉莉絲之徒——夫婿出手是不可能會平安無事的。」

如此答道後，莉莉絲臉上出現帶有危險氣息的笑容。

跟她在過往與伊南娜對陣時的表情一樣。

「師父，有事發生嗎？」

晚餐後，昴一邊把甜點跟紅茶放到莉莉亞面前，一邊如此詢問。自從回家後，他就一直很在意莉莉亞的樣子。

「……為什麼這樣想？」

「因為師父時不時就會盯著我看。」

「妻子凝視夫婿很平常吧？」

「不過，簡直像是以前的師父呢。」

「以前？」

「剛把我接來這裡的那時。」

「啊啊，原來如此呀。」

莉莉亞停下伸向馬卡龍甜點的手，思考數秒後拍了拍沙發，這是在命令昴坐到自己身邊。雖然還有東西沒洗，但師父的命令是絕對的，因此徒弟脫下圍裙坐到莉莉亞身邊。

「今天傍晚伊南娜有聯絡我喔。」

「啊啊，那個漂亮的女神吧……啊，好痛！」

莉莉亞的角戳向昴的臉頰，刺入得頗深所以很痛。

「新婚良人的花心對象，似乎有很多都是妻子的朋友呢。」

刺刺刺，又更痛了。

「是誤會！莉莉亞可是另當別論！花心什麼的我做不到啦！」

「這種說法聽起來像是有機會就想做看看呢。」

鑽鑽鑽，角的前端陷進臉頰，就這樣有如鑽頭般鑽挖。相當地痛。

「不會做，絕對不會做的，也沒有打算要做！因為我眼中就只有莉莉亞一人！」

「既然如此，那就好……舔。」

臉頰總算從角的折磨中得到解放，這次是被柔軟的舌頭輕舔。

「有必要用糖果跟鞭子教育徒弟呢，呵呵。」

比任何甜點都還要甜美的笑容展露在眼前，叫人根本無法回嘴半句話。

「不是很愉快的話題……」

莉莉亞一邊吃著酥鬆馬卡龍，一邊告知的是昴被壞人盯上的消息。

「啊啊，那時的暈眩是詛咒啊。我自己也覺得很奇怪，這樣說就可以理解了。」

在那之後昴被莉莉亞不厭其煩地詢問是否有發生同樣的現象，所以他老實地回答連一次都沒有。然後，他向採取應對策略的師父再次表達謝意。

「你沒必要感激唷。因為那群傢伙盯上的是我，你只是受到牽連而已，所以我是要向昴道歉的立場呢。」

「沒這回事，因為我們是師徒……不對，是、是、是夫妻不是嗎？既然如此，我們就是命運共同體，是同舟共濟。」

「……說出剛才那些臺詞時，沒有面紅耳赤或是結巴的話就更好了呢。不過……謝謝。我有點溼了呢，也硬了，還有膨脹了唷。」

「噗！」

「懷疑的話要不要確認看看？」

如此說道後，莉莉亞抓起昴的手將它導向胸部跟股間。

「這這、這種事待會兒再說！」

「哎呀，真遺憾……那麼，有件事要商量一下。你可以暫時不要去上學跟打工嗎？因為只要待在這裡就絕對安全。」

「所謂的暫時是到什麼程度？」

「可以的話，大概一百年左右。」

「我是會死的唷!?」

「放心啦，延長人類壽命這點小事，方法要多少有多少。應該說你該不會以為成為莉莉絲的夫婿後自己還死得掉吧？真是笨蛋徒弟呢。」

那是真心感到憐憫的眼神跟語調。

「對方這麼危險嗎？就算有烏拉保護也一樣？」

關於壽命云云光聽就怕，這次就先略過不提。也可以說是將問題束之高閣。

「如果對手是人類或是中級程度的魔族，用我的使魔應付就足夠了。對吧，烏拉？」

烏拉自豪地嗚——的叫了一聲，牠在房間角落吃自己的晚餐。

「不過，實際上你已經受過一次詛咒了喔。現在雖然有好好地阻隔住，不過如果又被我不曉得的術式攻擊，就不曉得是否有辦法完全防禦住了。」

「對不起，我是脆弱的人類。」

與以最強魔力為豪的莉莉絲相比，自己實在過於渺小，這讓昴低下了頭。

「你這個笨徒弟。」

臉頰又被角刺了。然而，這次並不痛。

「把莉莉絲壓在下面又娶她為妻的男人是在說啥啊。你可是達成了連亞當跟撒旦都做不到的事，再多抬頭挺胸一點。你是我的徒弟吧？」

「是、是的。」

「好，那麼，事情有結論了，去準備休學申請書吧。可以的話，退學申請書也行。」

「別擅自做結論啦！」

「為什麼啊？這是一個好機會，就這樣一起跟我當家裡蹲嘛。可以隨意對待我的身體跟財產，最棒的小白臉生涯在等著你唷？背著ATM的美女都張開雙腿了，為何還要拒絕呢，真是無法理解耶？」

活了數千年傳說中的惡魔，其眼神明顯是認真的。

「過這種生活的話，我會變廢人的。」

「沒問題的，畢竟你的親生父母跟把你養大的養母都是這副德行，但你還是正直地長大了。」

「關於親生父母我是同意，不過師父是最棒的養母唷。所以就算是為了師父的名譽，我也想成為一個了不起的大人。」

「……嘖！」

「呃，欸!?我說了好話吧!?這個不是會被發出咂舌聲的情況吧!?」

看樣子這個惡魔似乎是真心想讓徒弟變成家裡蹲。

3 我想替對方做的事

（因為是第一次養育人類的小孩，所以做得太認真了嗎？如果養成更隨便的小孩就好了說，唉。）

莉莉亞是真心企圖跟可愛徒弟兩人過著頹廢又纏綿甜蜜的繭居生活，所以打從心底對自己的教育方針感到後悔。

「那個……我的按摩不舒服嗎？」

昴歉疚地如此問道，打從剛才昴就替莉莉亞做全身按摩替她放鬆。

「很舒服唷，按摩。你玩弄我女體的技術可是天下第一呢。」

「又說這種會引來誤會的話……」

「我只是覺得如果你整天窩在家裡，就不只是夜晚，就連早上跟中午我都能享受到按摩，所以感到遺憾而已。」

「當一個不工作整天沒事幹的夫婿好嗎？」

「當然好啊。」

莉莉亞秒答。

「只要瞭解最真實的我，而且又尊敬我，重視我，愛我，照顧我，還對我發情就足夠了唷。跟我在一起，不讓我孤零零的，除此之外還希望些什麼呢？」

「……真的沒辦法的話，在風頭過去前我會一直當家裡蹲的。」

是體貼在鬧脾氣的師父吧，昴以自己的方式做出讓步。

「幾十年？」

「再、再怎麼說也太……」

「你啊，真小氣呢。到底是像誰呢，至少不是像我吧。」

「我如果要像某人的話，也只有像莉莉亞了。因為構成我的一切，都是由莉莉亞賜予的。」

昴毫不害羞乾脆地如此說道。換言之，這是他真的這樣想的證明。對既是養母又是師父的莉莉亞而言，沒有比這更好的話語。

「……原來如此，你的確是我的——滅盡世上萬物的大惡魔莉莉絲的愛徒。這招殺的真是漂亮呢。」

「什、什麼？殺？」

「剛才的臺詞可是最棒的殺（撩）妹金句呢。要什麼當獎賞？什麼都行唷，別客氣跟我撒嬌討賞吧。」

莉莉亞緩緩從床上起身，用性感視線注視昴。這是莉莉亞以獎賞徒弟為理由的甜蜜求愛。當然，愛徒對這件事也是清楚得很，所以臉頰因期待與興奮而漲紅。

「啊，對了。我有一個願望，可以嗎？」

「什麼？不可以是色色以外的事情唷。因為我已經完全有那個意思了。」

莉莉亞如此提醒，無視自己十秒鐘前才說過任何事都行的承諾。

「呃……基本上算是跟那個有關……或許……也不是不能這樣說吧？」

「說清楚。」

「我想要一點點莉莉亞的角……啊，當、當然，是在莉莉亞願意的前提下！因為我明白角對莉莉絲而言有多麼重要嘛！」

「是呢，這是我的象徵。哎，只不過這麼重要的角也被某人凌辱過就是了。對吧，達令？」

明明是莉莉亞讓昴保養的，但她卻對此事絕口不提，而是浮現惡作劇般的笑容探頭望向昴的臉龐。狼狽的夫婿讓人疼惜到不行。

「哎，也是可以的唷，畢竟角這種東西就跟指甲一樣嘛……不過太多的話不行喔？還有會影響到左右平衡也不行。」

「只是一點點而已，就用銼刀稍微削一下。」

「要用在哪裡？我是有聽過拿陰毛來當護身符，有必要的話可以給你就是了。我下面的毛很茂密又有光澤，很推薦唷。畢竟跟你一起生活後長了一大堆嘛。」

莉莉亞一邊取笑一邊想「啊，這個或許不錯」，在心中暗自發誓之後要偷偷做護身符綁在昴上學用的書包上面。

「想用來當作魔具材料。」

「是角的粉末！」

「用我的陰毛？」

「開玩笑的……魔具？啥啊，那間店打算讓你製造那種東西嗎？」

「不是的，這是我私人想做的東西。」

「嚯……既然如此，想削多少就削多少吧。」

「我還有另一個願望，請讓我量一下莉莉亞的指圍。」

說到這個地步，能很容易推敲出來昴想要製作什麼。不曉得還比較奇怪。

「……嗯。」

莉莉亞拚命壓抑喜悅，一邊伸出手。當然是左手。

而且昴也理所當然地量了無名指。

（總、總覺得尾巴癢癢的。）

鬆弛的表情被看見會很害羞，所以莉莉亞俯著頭隱藏臉龐，將角指向昴。量好手指尺寸後，昴用修指甲用的銼刀小心地削切了一點點角。

「這樣就夠嗎？再多削一點也沒關係唷？」

「夠了，感激不盡。」

「是嗎，雖然完全猜不出你要做什麼，不過加油吧。」

是婚戒吧，除此之外不會有別的吧，這下子如果沒拿到戒指我可是會生氣唷，會鬧脾氣唷會哭的喔——莉莉亞在心中這樣想著，一邊佯裝不知地睜眼說瞎話。

「不過，你膽子也挺大的呢。果然莉莉絲之徒不是當好看的。」

「嗯？」

很小心地將角的粉末收進盒子後，昴歪頭露出困惑表情。

「居然削莉莉絲的角，這可是前所未聞唷。看樣子你是真心要讓我臣服——不，是讓我隸屬於你呢。」

「欸欸!?我沒有這種打算的……」

「光是推倒莉莉絲還不滿足，連象徵我的角都要蹂躪，令人吃驚呢。」

如此取笑夫婿後，莉莉亞再次在床上橫躺。跟剛才趴著接受按摩不同，這次她仰躺著朝昴伸出雙臂。這是今晚你在上面的信號。

（明白嗎？能隨心所欲對待角，又能騎在我身上的人就只有你喔？）

在天界那一晚之後，兩人變得會以一週兩次的頻率用正常位接合。被心愛良人壓在下面的興奮感，在習慣後帶給莉莉亞充滿新鮮感的悅樂。

而且這一天，莉莉亞跟昴的夜晚夫妻生活又加上了新的變化。

以正常位接合，就這樣被握住角然後又是欺負又是套弄的玩法，讓新娘淫魔迎來許多次甜美的高潮。

沙羅曼蛇的肉（炭烤火蜥蜴），萬靈礦石，拜託金山收集的各種材料，還有莉莉絲的角粉末就在眼前，昴集中精神。

（就算材料很足夠，也只能失敗一次。不對，不能以失敗為前提去思考。絕對要讓它成功才行。連這種小事都做不到，根本沒資格自稱是師父的徒弟。）

TATRA店長說要在營業時間進行作業也行，因此加工環境沒有問題。只不過，昴被要求要提出製作時的紀錄。

「製作這種特殊魔具時，隱瞞自己獨有的技術也是手段之一唷。以後自立門戶時可以當作賣點吧？意思就是這是只有你才能製作的獨創道具唷。」

一邊如此說道，一邊幫忙提煉材料的人是卡塔莉娜。

「自立門戶這種事我連想都沒想過呢，畢竟能不能獨當一面都還是問題。」

「打算製作莉莉絲專用魔具的傢伙別說這種可悲的話好嗎……這個，如果成功的話我覺得真的很厲害就是了呢。現在開始也還不遲，獨力完成如何？」

「都說做不到了，而且就算店長不說我也打算留下紀錄。」

「為什麼？好可惜喔。」

「我想就算自己失敗了，這些資料總有一天也會在師父需要時幫上忙。畢竟如果是比我技術更好的人，應該能好好地做出來吧。」

自己以外的某人，為了莉莉亞而打造戒指。

光是想像這種情境就感到心痛，不過如果把莉莉亞放在心上的話，昴相信這是最好的判斷。他想要這樣相信。

「那個，不能對你師父說喔。會被她大罵一頓的。」

「……也是呢。」

這種程度的事昴也明白，所以他對上司的建言率直地點頭。

「不過，我們家的店長也真惡劣呢，居然想偷打工仔的技術。」

「我們家的技工講話真過分吶。」

金山啪噠一聲輕拍卡塔莉娜的天使光環。

「我不打算偷昴同學的技術喔，畢竟我好歹也是工匠之神。而且昴同學以外的人製作的魔具，妳覺得那個大惡魔會使用嗎？」

「不會用的，絕對。」

「是吧？也就是說就算得到莉莉絲專用魔具的技術，對我們店而言也沒多大的好處，無用武之地呢。」

「那麼，為何提出要交紀錄的條件呢？」

卡塔莉娜的疑問，讓金山點點頭說了句「好問題」。

「只要有使用本店設備跟工具製造的事實跟資料，下次昴同學還想製作的話，自然而然會考慮再次使用這裡。雖然會變成自賣自誇，不過要用個人的身分準備跟這裡同級別的作業環境可是相當困難的。」

確實——昴也這樣想。踏鞴工坊以設備不輸給魔界或天界專門店而聞名。先前去新婚旅行時，昴受莉莉亞所託去了幾家店才得知這的確是事實。

「如此一來，愛慕師父的昴同學以後留在這家店的可能性就會提高，因為自立門戶的門檻會變高呢。」

「那個，店長？我完全沒考慮過要自立門戶就是了。因為我完全沒到那個水平，而且只是普通高中生打工仔呢？」

「另外，那個初始惡魔愛用的專用魔具的製造者如果在我們店裡，也能成為本店不錯的宣傳。」

「呃，什麼工匠，我哪有這麼了不起……」

「莉莉亞小姐是徒弟控，所以她會為了昴動用寬廣的人脈擅自進行各種宣傳，也能期待她購買各種東西的情況呢。」

所謂的徒弟控，指的似乎是徒弟情結。

「原來如此……考慮到這種地步我也是吃了一驚呢。不過，嗯，這作戰計畫不錯，店長這個神果然不是當好看的呢。」

神明店長跟天使工匠咧嘴相視而笑。

「昴同學對自己的評價太低了，再多自信一點也沒關係唷。順帶一提，在我心中昴同學在本店就職已經是既定路線了。」

「欸欸？」

「就算無法相信自己，也能相信師父吧？最強惡魔莉莉絲唯一的徒弟就是你喔。」

被亮出莉莉亞的名號，昴有力地點頭表示「好」。

在這一週後，昴完成了莉莉絲專用的魔具。

4 紀念日之戰

昴完成莉莉絲專用魔具為止的這一星期，莉莉亞都很不高興。

她在自己房內的床鋪上把臉埋進枕頭，就這樣一動也不動地躺著。尾巴或翅膀會不時咻咻咻啪啪啪地亂甩亂拍，有時還會突然雙腳亂踢。

這種不悅感真的很好理解。

「好慢……好慢呢……昴……」

莉莉亞事先就聽過昴要替她製作婚戒，所以有一陣子打工會晚歸。昴甚至還說要先睡也行。

「一個人的話，這張床好寬唷……」

雖然過去也曾因為旺季而晚歸，但與當時相比，如今的寂寞感全然不同。

（那時明明就算獨自一人也不在乎的說。不對，說起來直到十年前，我都一直是孤身一人呢。）

她翻轉變成仰躺，將左手伸向天花板。

「畢竟是為了我而努力，就算想生氣也氣不了……」

她一邊屈伸無名指，一邊如此低喃。

明明不用急著弄的說——這種話莉莉亞說不出口，因為昴趕工的理由她心裡有數。

（昴那孩子，是為了要趕上我跟他相遇的紀念日吧。）

莉莉亞與昴會慶祝的日子一年有兩次。一個是昴的生日，從明年開始也會是結婚紀念日，然後另一個是明天——兩人相逢的紀念日。

昴之所以如此拘泥，是因為這天有三個意義。

十年前，是被召喚的莉莉絲，與做為活祭品被獻上的少年相遇的第一天。

九年前，是昴拜託莉莉亞當自己的師父，然後莉莉亞收昴為徒的重要日子。

還有一個則是，莉莉亞的生日。

「真的重視我的話，只要待在身邊陪我就行的說。光是這樣我就很幸福了……真是可愛到我這種惡魔配不上的溫柔徒弟呢。」

對身為莉莉絲的莉莉亞而言，並沒有真正意義上的生日。應該說她不曉得。因為莉莉亞雖記得自己身為惡魔始祖出現的那個瞬間，但當時連西元都還沒有。

當然，從那時就有曆法，只要加以計算也能曉得相當於現代日曆的哪一天吧。然而莉莉亞對自己的生日毫無興趣，所以一直無視了數千年。直到昴對她說「我也想替師父慶生」的那一天為止。

（請讓我替師父慶生，嗎？這種說法真有昴的風格呢……愈想愈覺得這種個性不適合當惡魔的徒弟呢。）

就算慶祝惡魔莉莉絲的生日，莉莉亞也不會開心。然而，如果是身為莉莉亞、身為昴的師父，那事情就另當別論了。收昴為徒的這個日子，也就是莉莉亞師父誕生的重要紀念日。

「不妙，開始覺得我送昴的禮物配不上戒指了。有送更棒的東西就好了說，要不要現在追加一些什麼呢？」

與可愛徒弟如此努力製作的婚戒相比，自己準備的禮物根本微不足道，莉莉亞開始這樣覺得了。

（或許還有店家沒休息，購物完順便繞去踏鞴那邊，跟昴一起回來也不錯呢。）

莉莉亞猛然從床上跳起，開始迅速地準備外出。

（勉強趕上真是太好了……！）

在重要紀念日前天的深夜，昴總算在最後一刻完成了魔具。雖然連續試錯許多次，但相對的對完成品也很滿意。

只不過是否能發揮昴想要的效果，沒實際請莉莉亞使用是不會曉得的。在工坊測試時運作雖然沒問題，但畢竟使用者莉莉絲擁有過分強大的魔力，因此關於此點昴還是沒信心。

（哎，剛開始時請師父把它當成普通戒指使用吧。）

向連續好幾天陪自己製作到深夜的金山與卡塔莉娜道謝數次後，昴離開店，在店外等候的烏拉也同時站上肩膀。為了不被周遭之人看見，昴讓牠消去身影，因此就這樣在街上行走也毫無問題。

平常當護衛時烏拉也不會來得這麼近，但在昴被盯上的現在為了萬無一失，烏拉才像這樣站在肩膀上警戒四周。

「謝謝妳每天陪我到這麼晚，明天的派對我也會好好替烏拉準備大餐唷。」

「嗚——！」

既是莉莉絲的忠實使魔，也是入家重要的一員開心地鳴叫。

「啊！」

「嗚？」

前往自家公寓的途中，昴停下步伐。因為他發現自己完全忘記了禮物的包裝。

現在收納戒指完成品的盒子是店裡的備品，而且還是重視實用性的粗糙之物。

就這樣交給對方果然還是很糟糕，昴也有做出這個判斷的常識。

（百貨公司已經打烊了，不過量販店還有在營業吧？）

這裡是鬧區，因此營業到深夜的店家並不少。明天才要開慶祝紀念日的派對，所以就算不立刻準備好也行，不過只有戒指昴想在日期變動的瞬間送給莉莉亞。

（畢竟師父這陣子一直很寂寞的樣子，所以我想盡早把禮物交給她，順便道個歉呢。）

昴走向看起來有賣戒指盒的店家，一邊微微搖頭。

（不，不對吶。我只是想被師父誇獎而已。這是我想做為莉莉絲夫婿表示自己已經獨當一面，就算只有一點點也好的任性吶。）

自己還是個孩子吶——昴一邊苦笑，一邊走在人潮中。

「……咦？為何？欸？」

應該座落著大型量販店的場所只蓋著老舊樓房。在這片土地居住生活十年之久的自己不可能走錯路，因此昴立刻開始警戒。

「嗚——！」

烏拉也同時進入備戰狀態，開始在離地兩公尺的高度盤旋。

昴再次環視四周，這裡全是記憶中所沒有的建築物。

雖然有人影，但服裝表情還有氛圍卻都跟平常在這條街上見到的人們不同。而且，所有人都看著這邊，瞳孔睜得老大的雙眸感覺很詭異。

（收不到訊號……果然是，陷阱嗎？）

考量到連魔界跟天界都能用手機的事實，針對自己跟莉莉亞進行攻擊的可能性猛然提升。

此時的昴雖然無從得知，但從踏鞴到自家的路上有著金山跟卡塔莉娜布下的結界。不過昴卻順道去了其他地方，因此偏離了安全路徑。

「是盯上師父……莉莉絲的傢伙們吧？」

回過神時，數十條人影已包圍昴。他們步步進逼朝這邊收緊人牆，烏拉發出至今為止不曾見過的殺氣。

『殺死惡魔，殺死惡魔。』

聲音一起響起。那是毫無抑揚頓挫卻濃縮著惡意，令人一聽就想吐的聲音。

「師父做了什麼嗎？她只是靜靜地、和平地生活著不是嗎？而且這個時代幾乎沒惡魔會危害人類的說！你們明明對惡魔一無所知的說！」

不只莉莉亞，也認識幾名惡魔跟魔族的昴如此大吼。

『殺死惡魔，殺死惡魔。』

然而，這個想法跟聲音都沒能傳到瘋狂信徒那邊。話說回來，他們就是拒絕聽別人說話，才會變成這種存在的。

曾試圖將親生兒子當成活祭品奉獻的父母身影，疊上邪教集團步步進逼的詭異姿態。

『殺死惡魔，殺死惡魔。』

瘋狂信徒手中握著發出鈍重光芒的利刃，就算是昴也感受到了生命的危機。然而比起死亡，他更加害怕會因此無法見到莉莉亞。

「拜託了！」

「嗚——！」

託烏拉一口氣撞飛數人的福，包圍網上出現漏洞。昴強行從那邊突破。對方雖然揮舞利刃，但幸好只有擦到數處而已。

烏拉是莉莉絲的使魔，所以人類這種程度的對手應該來再多也不夠看才對。不過是力量被削弱了嗎，牠並沒有原本的力量。

（奇怪，能做到這種事，為什麼不更早攻擊這邊呢？看這個樣子，果然是那個男人幫忙害的嗎？）

昴一邊想起侮辱重要之人的阿瑞斯的臉龐而重燃怒火，一邊頭也不回地急奔。他雖然奔向有最強師父等待著的自家公寓，但不知為何又回到了同一個場所。這種現象只能說是空間遭到了扭曲。

（烏拉也不曉得出口的話，憑我是束手無策的……）

當然，體力是有極限的。不可能永遠這樣逃下去。實際上與追兵之間的距離正漸漸縮短。照這種情況，被抓到只是時間上的問題。而且一旦被抓就意味著死亡——與莉莉亞的分別。

（不要！我絕不要跟師父……跟莉莉亞分開！）

烏拉雖然一點一點地擊倒瘋狂信徒，卻還是來不及。

昴立刻衝進附近的大樓，用全力衝上屋頂。雖然知道如此一來就會無路可逃，但是也別無選擇了。

昴背對屋頂的護欄，瘋狂信徒們則是步步逼近，那副模樣簡直像是殭屍似的。

『殺死惡魔，殺死惡魔。』

就在昴因無數混濁眼瞳與利刃，還有刺耳聲音而即將絕望的那個剎那。

「要死的是你們喔。」

絕美惡魔出現在夜空，莉莉亞背對紅月飄浮著的身影令昴屏住呼吸。跟十年前一樣，美麗到妖異的面容與眼眸奪去了他的心神。昴再次因同一個對象而墮入情網。

遠古淫魔比任何天使、任何女神看起來都還要美麗。

看起來像是韻律服、緊緊貼住身體的深紅色服裝，也更加凸顯出莉莉絲的完美身軀。

「師父……！」

「久等了呢，昴。已經沒事囉。」

拍打翅膀的同時，襲擊昴的人們也被颳飛至屋頂另一側，並且陷進護欄之中。然而他們卻緩緩起身，再次朝這邊逼近。

「嘖，真麻煩呢。」

莉莉亞一邊咂舌，一邊無聲無息地降落至昴面前。然後她抱緊昴，深深地鬆了一口氣。

「太好了……平安無事真的是太好了……」

光聽這個顫抖的聲音，就知道莉莉亞有多擔心。

「師父救了我，真是感激不盡。」

「當然囉，守護徒弟是師父的職責嘛……那麼，這些傢伙要怎麼處理呢？」

依依不捨地解開擁抱後，莉莉亞將昴藏至背後，一邊如此說道。

「那個，師父，這些傢伙的背後大概是……」

「我明白。那個渣神，這次我一定滅了他。」

「咯咯咯咯，看樣子就算是莉莉絲，面對吾等力量的賜予者也很不利不是嗎！」

渣神阿瑞斯挑了這個節骨眼現身，簡直像是在監聽這邊的對話似的。他的左臂上纏著繃帶，卻讓人湧現不出半點同情心。

「有心對先前的無禮之舉道歉的話，要原諒妳也是可以的唷，莉莉絲！」

站在屋頂上最高的地方放聲大笑的模樣，就某種意義而言很適合阿瑞斯。當然，是壞的那一方面。

「人渣在那邊大吼大叫呢。」

「我想那傢伙大概不曉得師父有控制力道吧？」

「啊啊，原來如此，是這麼一回事啊。」

莉莉亞維持的魔力就算與高位階惡魔相比也差了一、兩位數。但另一方面，過於巨大的魔力也很難控制。莉莉亞為了不失控而有在控制力量，因此平常連一成力用不上。

「這一帶好像有張開結界，就算多少使一些力也沒事吧？」

「不可能的吧。剛才進入這個結界時我就曉得了，那個叫啥阿瑞瑞的垃圾真的很弱唷。如果我不小心使出力量，結界會被全部破壞，這一帶可是會大亂的呢。」

「那就不妙了呢……」

「哈哈哈哈哈，如何，知道我的厲害了吧！來吧，給我道歉莉莉絲！然後在老子面前下跪！我要在那個脆弱人類面前侵犯妳！我要把真男人是何種存在的這個事實刻在妳身上！」

阿瑞斯居然自己太弱都不曉得，看到煩惱的兩人後發出誇耀勝利般的大笑。他率領著殭屍般的瘋狂信徒，那副身影與其說是神，不如說完全就是惡魔。

之所以沒直接攻擊昴，是因為他好歹有著神明這種立場吧。只不過阿瑞斯幫助邪教集團讓他們攻擊昴，因此關於此點毫無法外開恩的餘地。

「那傢伙殺掉也行吧？」

「我覺得可以。」

師徒意見一致，默默驅逐殭屍的烏拉也「嗚──」的表示同意。

「啊，對了。師父，請試試看這個。順利的話，魔力控制應該會變容易才對……這是我送的禮物，雖然在這種情況下交給師父很歉疚就是了。」

昴單膝跪地，恭敬地拿起莉莉亞的左手。

「其實我想放在像樣的盒子裡交給妳的。」

「……該不會來這裡就是為了這個吧？」

「是的。」

「真是的……你對我太客氣了。我因為活了很久，所以對很多事情都很隨便喔。」

莉莉亞一邊笑一邊如此說道，昴卻微微搖頭。

「不是的。莉莉亞不像這樣割捨種種事物，心靈會因為光陰過於沉重而無法承受的。孤身一人活數千年……太難受了。」

「……唔！」

莉莉亞瞪大眼睛，眼眸微帶水光。

「不過，從今而後有我陪在身邊。雖然因為我是人類，沒辦法陪那麼久就是了……啊，咦？」

昴打算套上他投入心意製作而成的戒指，卻在此時發出困惑聲音。因為莉莉亞突然彎曲無名指表示拒絕。

「莉、莉莉亞？」

「用這種心情交給我的戒指，我不需要。」

「欸？」

「請你發誓會一直陪在我身邊。如果發誓直到我這個存在消失前都會陪在身邊的話，我就收下那個戒指唷。」

初始惡魔消失的瞬間，也就表示是無限接近永遠的未來。

身為人類的自己不可能在莉莉亞身邊待到那個時候。然而，昴的答案只有一個。既然身為莉莉絲之徒，師父的話語就是絕對的。

「我發誓，賭上被妳拯救的這條命跟靈魂。」

「答得好呢，合格囉……來，套上它吧。等我把那邊的那個那樣後，也會讓你套入其他東西的唷，愛徒。」

「在、在這種氣氛下提這檔兒事？」

昴一邊被呵呵輕笑的莉莉亞凝視，一邊套上戒指。

「放在盒子裡拿到手雖然也不錯，但就我而言這樣更開心呢。股間因喜極而泣發生大洪水了。」

「又說這種事了……！」

「……原來如此，這個是將我的魔力流調勻的魔具呢。嚯，感覺不錯呢。」

莉莉亞瞇起眼睛凝視自己的左手，一邊用手指在半空中畫圓。然後，甜甜圈大小的魔法陣陸續在那兒出現。昴這個徒弟也是初次目睹莉莉亞使用看起來像是魔法的魔法。

「哎呀，哎呀哎呀哎呀，這個……超乎我的想像呢。不愧是我的愛徒，幹得好，我就誇你吧。」

「感激不盡呃啊啊啊啊!?」

被師父誇獎的徒弟笑容瞬間僵住，因為出現在半空中的所有魔法陣一起噴出了赤紅光芒。紅光簡直像是閃電般橫向掠過大樓屋頂，一人不留地痛擊瘋狂信徒們。

「放心吧，是用刀背打的，沒殺了他們喔…………大概。」

最後一句話小到不能再小聲。就保持自身精神平穩的觀點來說，昴也決定當作沒聽見這句話。

嗚嗚——烏拉自豪地鳴叫，一邊站上主人的肩膀。

「妳很努力呢，謝謝，可以去休息了唷。」

勞動受到誇獎，頭也被溫柔輕撫後，烏拉的身影無聲地消失了。

「那麼，那邊的那個，你有什麼話想說嗎？小小遺言我可以替你傳到天界唷？」

對於在天界曾一度被展示雙方差距的阿瑞斯而言，方才那一擊正可說是致命一擊吧。強悍大漢的臉龐因憤怒與恐懼還有屈辱而扭曲，他原本的五官很端整，也因此可以如實看出流露的品行有多醜惡。

「等、等一下莉莉亞，妳真的要殺掉那個嗎？」

「放心吧，昴。只要分解至構成元素等級，就不會露餡唷。而且就算那個不見也不會有人困擾嘛，不如說還會被普魯托他們感激吧。」

「…………」

昂覺得或許就是如此，因此也刻意不表示任何意見。

「少、少開玩笑！要愚弄我到什麼程度，淫蕩女跟小蟲子！」

阿瑞斯如此吼道，同時撲向昂。身為神不能直接對人類出手，而這就是他跨過那條線的瞬間。

「放心吧，我會讓你這傢伙的人生變得比自己想得還要短的，小鬼！」

阿瑞斯高高揮起不曉得從哪裡取出的長劍，相較之下昂卻是什麼也沒做，因為他根本沒必要逃跑。

「消失吧。」

才剛覺得莉莉亞舉起戴著戒指的左手時，失控的神明就已經不見蹤影了。他似乎被轟飛至某處了。

「嘖，沒能抹消嗎？連結界都破壞掉會很麻煩，所以我習慣性地收力過頭了。這個戒指性能比想像的還好呢，不愧是我的愛徒。」

莉莉亞露出懊悔與自豪交織在一起的表情，但她立刻變成鬆一口氣的表情，然後輕輕擁住昂。

「別讓師父太擔心了，笨蛋徒弟。」

「對不起。」

「不會的，錯的人是我喔。我應該更確實地保護你才對呢。」

「怎麼會！」

「所以從現在起就一直陪在我身邊，一起當家裡蹲吧。」

「呃，再怎麼說這也……」

「……不行？欸，不行嗎？」

「就、就算用可愛語調說也不行。」

說實話，昴相當動心，但他還是強忍下來了。因為不在這邊懸崖勒馬，就只能看見師徒一起慢慢變成廢柴惡魔&廢柴人類的未來。

「那麼，就用真正意義的蜜月來妥協吧。」

「欸？旅行的話不是最近才剛才過……嗚哇哇！」

莉莉亞抱著昴，就這樣突然飛向天空。她大大地展開翅膀，朝赤紅色月亮不斷上升。

「很久沒跟你一起在天上飛了呢，真懷念吶。」

「哇哇哇，不、不會太高嗎!?」

「沒事的，那個好歹也是神，連很高空的地方都有布下結界，從外面是看不到的。」

「我不是這個意思就是了！」

「記得昴小時候不怎麼親近我，所以我想過要陪你玩飛高高的遊戲。然後想說反正都是要做，所以就像這樣抱著你飛上天了呢。」

「不是不親近，而是不曉得該如何相處。畢竟我沒什麼跟別人撒嬌的經驗。」

「相對的，一旦開始對我撒嬌後就停不下來了呢。玩我這個莉莉絲特製的飛高高遊戲時，你可是非常開心吶，還死纏爛打地拜託我許多次……呵呵，想不到還能跟成為良人的昴一起飛，當時連作夢都想不到呢。活得久有時也會遇上好事嘛。」

「以後也會有很多好事唷。」

「嗯嗯，我很期待呢，達令。」

美女讓月光照耀的金髮迎風搖曳，朝這邊疊上脣瓣。

這正是讓身心都飛上天的幸福時光。

5 真正的蜜月

「那麼，接下來是蜜月的重頭戲唷，昴。」

稍微繞了一點路在自宅陽臺著陸後，莉莉亞抱著昴就這樣直線前往自己房間的床鋪。

「欸？剛才的空中散步不就是蜜月嗎？」

「啥？你在說什麼呀？」

夫妻不可思議地面面相覷，看樣子其中有著重大的分歧。

「……啊啊，因為用翅膀在能賞月的夜空中飛行嗎？不是的唷，這可不是羽月呢。（註1）」

「不不不，我完全沒這樣想喔！」

「哎呀，不是嗎？哎，算了。既然如此我就實地教你吧，這可是師父直傳，感恩戴德地學習吧，愛徒。」

昴從呵呵輕笑的莉莉亞身上感受到了些什麼，卻被牢牢抱住啥也做不了。莉莉亞心情絕佳地搖著尾巴，輕輕將可愛徒弟放到床上。

「首先來治療傷口。」

在燈光下再次確認後，昴的身體有好幾道利刃造成的割裂傷。徒弟被自己所累

註1 honey與日文的翅膀hane音近。

的事實令胸口傳出痛楚。

「是呢，機會難得，就用你最喜歡的東西治療吧。」

莉莉亞敞開許久不曾上身的戰鬥服，露出豐滿乳房。她一邊對夫婿立刻望向胸部的視線感到喜悅，一邊朝乳頭集中魔力，那邊已經因期待而開始膨脹了。

（嗯……這種感覺也很令人懷念呢，讓我想起好多事。）

鮮豔的粉紅色突起開始發疼，如此心想時，白色液體從那邊滲了出來。

「來，喝吧。是莉莉絲充滿魔力的特製母乳唷。只要喝下它，傷口就會立刻堵上的。以前你也喝過好幾次吧？」

「是、是的。」

昴幼時曾發過高燒，當時莉莉亞不知該如何是好，而她在第一時間選擇的手段就是這個。

「你很喜歡這個吧？就算恢復健康後，你還是會撒嬌地說『師父，要喝奶』呢。俗話說三歲看大七歲看老，就算過了十年你還是很喜歡胸部吶。」

「嗚嗚……」

雖然羞得面紅耳赤，昴仍是有如被甘甜氣息引誘般，將嘴湊向乳頭。

「嗯呼嗯……嗯……再吸用力一點也沒關係……沒、沒錯……啊啊！」

昴剛開始時還有些客氣，但他立刻就沉迷其中喝起惡魔的母乳了。莉莉亞溫柔地抱著這樣的良人的頭，靜靜地躺在床上。確認昴的傷勢在轉眼間痊癒後她鬆了一口氣，不過卻沒有停止餵奶。

「長大了呢，昴。當時的你只會啾啾啾的猛吸，現在會像這樣用舌頭滾動乳頭了呢。」

「……唔！」

雖然連耳朵末端都漲紅，昴仍是沒從莉莉亞的胸部上抬起臉龐。

「我喜歡昴這種色色的地方唷。平常老是在壓抑自己的你，一到床上就會確實地暴露出真心呢……啊啊嗯。」

不只是吸，這次昴也揉起乳房。左右手的動作正如同在替乳牛擠奶似的。

「與其說是真心，不如說是肉欲呢……啊，嗯，嗯嗯……啊哈……！」

然而嘴唇與舌頭還有手指，其動作都有著明確的愛撫意圖。雖然吸著母乳，卻也能感受到想將女性歡愉送至莉莉亞身上的企圖。當然，對莉莉亞而言這是求之不得。

（來吧，盡情喝個飽，我的大嬰兒。喝得飽飽的儲存大量精力，然後將真正的嬰兒裝進我體內。）

莉莉亞也露出另一邊的乳房讓昴吸奶。

「呼啊啊啊……好棒……嗯……再、再多吸一些……啊……嗯嗯……昴……昴……啊……呼啊啊嗯……！」

一邊用雙手雙腳緊擁將臉龐埋在柔乳中吸奶的夫婿，莉莉亞一邊迎來甜美又幸福的哺乳高潮。

昴終於從乳頭上抬起臉龐時，莉莉亞已經完全發情了。沙沙沙輕撫昴頭髮的手指，纏住腰部的雙腿，以及帶有妖豔水光的眼眸都在表示這個美麗惡魔有多亢奮。

「我雖然也活得挺久，但被一邊吸胸部一邊高潮還是第一次呢。真虧你能成長至此呢，我的色徒弟呀……♡」

莉莉亞用尾巴描繪出心形符號，左右乳再次流出黏稠的白色乳汁。甜美氣味刺激著昴的鼻腔跟雄性本能。

「差不多該開始真正的蜜月了，達令。」

「所謂真正的蜜月是什麼意思呢？」

「本來呀，新婚夫妻會關在新房生小孩唷。在那個時候會使用蜂蜜酒當丈夫的壯陽藥……不過你的情況嘛，因新娘的母乳而發情，所以就是乳月……milkmoon了呢？」

莉莉亞浮現豔麗笑容，迅速地從昂身上除去衣物。

「一般來說不生小孩是喝不到母奶的，對新娘是我一事心懷感激吧。」

同時用上尾巴靈巧地把昂剝個精光後，莉莉亞一邊凝視陰莖一邊如此說道。當然，昂的分身早已進入備戰狀態了。

「比平常漲得還硬呢，好像隨時會破裂似的。」

如同莉莉亞指證的一樣，肉棒勃起到會痛的地步。昂激昂到擔心該不會全身血液都集中至股間的地步，這明顯是莉莉亞母乳的效果。昂本人雖然沒發現，但雙目也因為過度亢奮的發情而遍布血絲。

「因為我事先填充了足夠的魔力嘛，這下子可以從容地做一整晚囉。」

莉莉亞頻頻用舌頭舔溼脣瓣，她的發情程度看起來也不輸給昂。向後一倒仰躺至床上，有如撒嬌般朝這邊伸出雙臂的模樣，對於熟知莉莉絲傳承的人而言相當難以接受吧。

「不論是過去或是未來都只有你唷，能把莉莉絲壓在下面的幸運男人。」

「是呢，不過……可以再貪心一點嗎？」

「欸？……嗯呀！」

藉由魔力母乳之力，昴執行了他暗中渴望的淫靡行為。他將莉莉亞的肢體翻到背面，從上方蓋上去。也就是——狗爬式。

「……………」

莉莉亞什麼也沒說，越過肩膀直勾勾地凝望昴。

（這、這果然還是很不妙嗎？就莉莉絲角度而言出局過頭了？）

昴以為自己太過火而開始流出討厭汗水，但他立刻就有所察覺。莉莉亞的眼眸閃動妖豔水光，從背上長出的翅膀啪啪拍動，從腰部伸出的尾巴有如在勾引般搖擺著。（可以呢……從背後來也是可以的！）

得到無言的允諾後，昴開始親吻莉莉絲的後頸與肩膀，雙手也同時揉捏乳房。用這個體位，更能感受本來就已經很巨大的胸部的重量，昴沉醉地渴求著柔肉。

「啊啊……嗯，啊，啊啊啊……昴……不行……嗯啊，不行……」

比世上任何事物都還要滑膩的玉膚浮現汗水，並且發出不同於母乳的甘美氣息，煽動少年的欲望。每次用嘴唇貼住微微漲紅的肌膚，讓舌頭爬上去時所發出的嬌喘聲，都會化為極致聲響撼動昴的耳膜與腦袋。

「嗯啊……呀……嗯呀……這、這個，好害羞唷……啊啊，果然是不行，昴，等一下……嗯嗯嗯……！」

身為莉莉絲的本能似乎正拒絕著四肢著地的行為，然而昴卻不在乎地疼愛著眼前的美麗惡魔。他舔去陸續滲出的汗珠，溫柔地擠母乳，親吻肩胛骨的凹陷處，沿著背脊上下爬動黏滑的舌頭。

「啊嗚嗯！不行……不行啦……不行……不行……！」

莉莉亞搖著屁股重複拒絕話語，但那些甜美聲響聽起來只像是「我還要」。

「真的不要的話，隨時都可以把我推飛。」

昴一邊搓揉乳頭，一邊在莉莉亞耳畔低喃。

「笨蛋……明明曉得的說……你這個，笨蛋徒弟……呀嗚，呀唔唔！」

雙目微微含淚的莉莉亞很惹人憐愛，昴不由自主將舌頭鑽進耳道。

（太、太可愛了……我師父的可愛度，根本犯規嘛！）

昴又是輕咬後頸，又是在兩根角上面溫柔地撒下吻雨。每次做出這些舉動，在自己下面的新娘就會身軀顫抖，實在太蠱惑人心了。

「我要插莉莉亞囉。」

「嗯……」

做出插入預告後，昴使勁抬起莉莉亞的屁股。微微左右搖擺的誘惑臀部，以及吸收祕裂處滲溢愛液的金色下體毛髮奪去昴的目光，他用腫脹雄物抵住同時存在著美麗與猥褻的淫魔祕處。

6 從背後式體位

（來了……啊啊啊，昴的雞雞，滋噗滋噗的……！）

雖然每晚在這張床鋪上接合，被貫穿無數次，初嘗的背後式體位仍是帶給遠超莉莉亞預料與期待的快樂。

「噫咿咿，咿嗚，噫啊啊啊啊……!!」

面對侵入角度不同於騎乘體位與正常體位不同的屹立雄物，莉莉亞無法壓抑住聲音。她擅自抬起屁股，想要更深地結合。

（明明很害羞，而且也有一點不甘心的說，可是舒服的感覺卻更強烈……背部，翅膀，還有尾巴都麻酥酥的，連角的尖端都麻麻的……！）

對於擁有跨在男人身上這種習性的淫魔始祖莉莉絲而言，被應該要壓制的對象騎在身上，會在本能層面產生抗拒。更何況還是有如動物般四肢著地被貫穿的這種形式，那就更是如此了。

然而，身為女人、身為妻子的莉莉亞，卻用這個體位得到與昴接合的幸福與亢奮感。

「啊唔嗯！啊，好、好猛……啊啊，昂的雞雞不斷深入……啊，啊啊啊啊……被挖著……我的小妹妹，要溶掉了……！」

淺淺地抽送數次讓陰莖跟膣道互相習慣後，正式的活塞運動開始了。

「噫，噫，呼咿！嗯啊，啊唔，噫呀嗚嗚！」

硬挺雄槍早早就捕捉到莉莉亞的盡頭處，重點地朝那邊進攻。初嘗這種體位，昂似乎還很難大幅度地動作，因此他採用壓抑振幅，相對地卻提高運轉數的戰法。這個精確的判斷有些令人感到可恨。

（啊，不行，這個、這個不行！子宮，在搖晃著，不能用你的雞雞，欺負我的房間啊！）

子宮在不知不覺間下降，頻繁地遭到衝撞。每一發雖然都沒有多強力，但子宮口在不停歇地進攻下快感一路攀升。當然，就算是淺淺的抽送媚壁也依舊被摩擦著，愉悅感有增無減。

「莉莉亞，莉莉亞……！」

而且在這段期間內，昂的手跟嘴巴也沒有停下休息。他蓋上初嘗背後式體位而嬌喘不已的莉莉亞，一邊舔拭後頸輕咬肩膀，同時胡亂揉捏乳房。

這些行為當然也很舒服，但昂在耳畔不斷呼喚自己的名字更令莉莉亞激昂。

（明明只是被叫名字的說，好開心……好舒服……！）

有如野獸般接合、女人最重要之處被搖晃的快樂，讓莉莉亞緊緊揪住床單。她配合昴的節奏用力向後頂腰，尋求更深、更強力的甜美衝擊。

「昴，昴，昴，嗯！還要，再更裡面……呼啊嗯，那邊，啊，喜歡那邊！嗯嗯，不行，小妹妹，要溶化了啦！呼啊，啊嗯，啊，啊啊——！」

她卑賤地向遠比自己年紀小的良人獻媚，一邊搖動屁股。

閉不上的嘴巴在不知不覺間流著口水。

胸部在激烈揉捏下不斷噴出乳汁，床上已經是溼成一片了。

「噗要，呀，呀啊，已經，要去，我，要去了！輸給昴的雞雞了……噫啊，噫，又變大，了……啊啊，噗行，裡面，不行碰碰碰地欺負！噫嗯，噫咿咿咿嗯!!」

是狂亂到如此地步的莉莉亞煽動了施虐心嗎，昴的突刺變得更加猛烈。只用有如要撐開膣道般膨脹著的肉棒貫穿還不滿足，終於也開始朝尾巴進攻了。

「莉莉亞，連尾巴都好可愛……啊姆。」

「唔!?唔!?唔!?」

莉莉亞無法立刻理解發生了什麼事。她還沒理解，駭人悅樂就搶先一步順著尾巴竄升至背脊，瞬間從腦頂衝達至角那邊。

（被咬了……我的尾巴，被昂咬了……!?）

理解這個事實後，這次心靈也在肉體之後掠過衝擊。

對惡魔而言尾巴是最大得弱點，同時也是自豪的象徵。雖然只是輕咬那邊，但咬嚙這個行為的意義卻大得不得了。而且，昂也不是不懂這件事。

「噫咿咿，咿嘰，嗯咿咿咿咿咿!!噗行，昂，尾巴噗行呀——！」

最敏感的場所被輕咬所產生的快感，再加上自身存在被心愛男人支配的被虐愉悅令莉莉亞身心陶醉。

（啊啊，我，正喜悅著……對昂，對徒弟屈服了！）

不但用野獸般的體位接合，連尾巴都遭到壓制的悖德感，讓莉莉亞墮落了。

「去了……用尾巴去了……噫……噫咿咿咿!!」

大惡魔莉莉絲渾身都是淚水口水還有愛液，就這樣迎來服從高潮。她牙關咯噠作響，一邊縮緊昂的剛直硬物。她希望昂就這樣射精，注入大量精液壓制子宮。

然而，昂卻強忍爆發，在這個關頭使出動真格的活塞運動。那是要讓莉莉亞已經沉淪的女體墮落至體無完膚境界的、宛如惡魔般的攻勢。

「不行，去了，偶，已經，去了！呀啊，噗、噗可以一邊弄尾巴！噫咿！噫咿咿!!」

光是因屈服高潮而痙攣的蜜壺被鑽挖就已經令人難以忍受，昴還玩弄起莉莉亞的尾巴。他讓舌頭爬上整根尾巴，用手指上下套弄，使勁壓迫根部，試圖將師父沉入雌性喜悅的無底沼澤。

（沒辦法，呼吸……身體變得太敏感，不停高潮……不要，太舒服了啦，打從剛才就高潮了好幾次說……啊啊，又要去了，尾巴要溶化了……小妹妹要變奇怪了……!!）

過度強烈的快感令意識遠去許多次，不過是身為淫魔的本能使然嗎，女體卻擅自做出反應，貪婪地渴求著身後的昴。每次絕頂都會有如射精般噴出母乳，尾巴也會伸得筆直。然而那根尾巴也會立刻變得軟綿綿的，再次被昴欺負玩弄，加以疼愛。

「已經，噗要，噗要……高潮，去個不停……噫，要去……要去……尾巴，咬咬太狡猾惹……噫，噫，噫咿……！」

嘴巴流出口水，乳頭滴下乳汁，結合部位不知羞恥地垂流高潮汁液的模樣無比淫靡，而且豔麗無方。

「莉莉亞，我也，要去了……！」

莉莉亞意識飛走的前一瞬，昴如此大叫。他用雙手用力抓住臀肉，咬著尾巴前端使盡全力進行活塞運動鑽挖膣穴深處，試圖給新娘惡魔最後一擊。

「噫唔，噫，咿唔唔唔！不要，不要，來了，又要去了……噗行，偶，真的會不行的！噫……昂，噗行，噗行呀!!」

莉莉亞用力甩頭尖叫的下一瞬間，昂終於爆發了。

「咕……出來了……！」

他滋的一聲將龜頭抵住子宮口，以駭人力道注入白濁汁液，那個量感覺起來簡直像是先前餵下的母乳再次回到莉莉亞體內似的。

（啊唔唔，昂的牛奶進來了……暖烘烘的精子，在我的最深處有好多，好滿……！）

這是身為惡魔、身為女人的莉莉亞被完美擊殺的瞬間。

「去惹……去了去了去了……啊啊，啊啊啊啊啊……唔……!!」

大大地向後仰，突出臀部就這樣發出嬌叫的那副姿態，正是朝著月亮長嚎的雌獸。

7 最後果然還是要跨上去

漫長射精結束，總算恢復冷靜後，昂最初在意的是莉莉亞的反應。因為他有自覺自己做過頭了。

（得、得先拔出來才行，要從師父上面讓開才行……欸？）

昴試圖拔出深深插入的陰莖，但不知為何腰部卻沒向後移動。有某物牢牢固定住昴的屁股。

「喂，你是在幹麼呀。在這個節骨眼要好好享受餘韻吧？不懂女人心跟惡魔心嗎？你這個笨蛋徒弟♡」

莉莉亞緩緩把臉朝向這邊瞪了一眼，然而是因為眼神迷濛之故嗎，一點也不可怕，不如說還很煽情，甚至讓有些變軟的肉竿再次開始變硬。

「嗯啊……什麼嘛，明明在我裡面射了這麼多，還是搞得不過癮嗎？」

「對、對不起！」

「我沒生氣啦，是在誇你呢。這樣才是淫魔之徒嘛。剛才的尾巴攻擊很厲害吶，想不到不只是從背後侵犯，連莉莉絲的尾巴都要玩弄呢。」

明白不是諷刺，而是真的在誇獎後，昴總算鬆了一口氣。而且，他也曉得固定自己腰部的東西是莉莉亞的翅膀。

「不過，你明白嗎？讓我墮落成這樣的責任是很重大的唷？」

「做、做好覺悟了！」

「真的嗎？」

「賭上我敬愛的師父之名。」

「既然如此，我就相信你……再這樣維持一段時間吧。」

好的——昴如此答道後，美麗過頭的惡魔輕輕壓上體重。被汗水與母乳的甜美氣味，以及極致柔肉軟墊裹在其中，難以想像這種幸福是世間之物。

然而，人類的欲望卻是無窮無盡，或者說比惡魔還貪婪吧——昴一邊如此心想，一邊親吻眼前的後頸。

「嗯……嗯嗯……什麼，又想要做了嗎？畢竟雞雞在我裡面變大了。」

「對不起……」

「沒關係啦，跟我貼得那麼緊還不欲火焚身的話，我才真的會生氣呢。」

如此說道，妖豔地微笑後，莉莉亞緩緩起身。

「不過，這次我要在上面喔。總是在徒弟下面果然還是冷靜不下來，而且很不甘心。」

莉莉亞跟昴保持結合，就這樣靈巧地更換體位，轉變為騎乘位。身體半迴轉時膣內扭轉屹立雄物的快感讓昴發出叫聲。

「嗯呵呵，好可愛的聲音。光是聽到你的聲音就溼了呢。」

被無數淫媚肉摺裹住的年輕肉竿，最明白這句話語並非虛言。

「欸，昴。」

「是、是的……啊唔！」

莉莉亞一邊用手指玩弄昴的乳頭，一邊開始前後搖擺腰部。

「我們雖然去了新婚旅行，卻還沒舉行婚禮呢。你喜歡那種形式？惡魔與其徒弟在教會辦婚禮也挺悖德的，不覺得很興奮嗎？」

回想起莉莉亞身穿漆黑婚紗的模樣，昴吞了一口口水。

「呵呵，回想起洞房夜了？因為某人誤會而變成那樣，或許重來一次也不錯呢。」

「……師父還真愛記仇呢。」

「畢竟是惡魔嘛……啊啊，難得在日本，神前式也不錯呢。你想不想看我穿白無垢的模樣？是那個的話，角也能藏起來的說。」

「雖然想看莉莉亞穿白無垢的樣子，但我希望別把角藏起來。因為莉莉亞的角，還有尾巴跟翅膀我都很喜歡。」

「不愧是快變成活祭品還對惡魔一見鍾情的怪人呢。不過，我很開心唷……哎，關於婚禮之再慢慢商量吧，現在以蜜月為優先。」

啾的一聲輕吻後，莉莉亞開始正式的研磨圓周運動。

「呵呵，你今天的雞雞還很有精神呢，是因為喝了媽媽的奶水嗎？」

莉莉亞輕揉自身豐乳如此取笑，昴因害羞而臉龐發燙。

「這麼一說，你連一次都沒把我叫成媽媽或是母親呢。哎，你有親生母親，當然會是如此吶。」

鮮明的桃色乳頭噗滋噗滋地滲出白色液體。

「要叫我媽媽也行喔？」

「不、不會叫的，請不要取笑我啦。」

「哎呀，真遺憾。不過，也是呢。昴現在的任務是要把我變成媽媽吶。」

沙沙……意有所指地輕撫自己的下腹部，一邊說出的臺詞具有無與倫比的蠱惑性。

「來，加油吧，老公。能讓莉莉絲懷孕的人，古今中外也就只有你了……啊啊，啊，呼啊啊啊！」

莉莉亞接連說出令少年心激昂的臺詞，一邊再度加速搖動屁股。與昴從事行為時大部分都是女上男下，所以莉莉亞做起來當然駕輕就熟。然而，其中確實還是有著不僅止於此的流暢度。

「呼嗯，嗯嗯……果然這樣比較，輕鬆……啊，啊，好棒，好棒喔，能逗弄到有快感的地方嗯……呼啊，雞雞，真受不了……！」

在男人上面才能發揮出真正價值的莉莉絲，用絕妙動作以昴的肉竿為軸心畫著圓。

炙熱女性皺摺陸續纏住、吸附、收緊雄莖。

「啊唔嗯，嗯呼嗯，昴，昴……嗯啊，這裡，就是這裡呢……啊啊！」

接著，莉莉亞發現龜頭與子宮口最緊密的附著點，然後以那邊為中心加強圓周運動。與莉莉亞肉環過分淫褻的深吻，讓昴承受不住地發出呻吟聲。

「嗯嗯，親吧，親吧，再多啾啾啾地，親吻……啊啊，好好地疼愛我的，莉莉亞的子宮吧！」

（莉莉亞超會撒嬌，就像騙人似地……不過，好可愛，太可愛了啦，師父！）

面對有如拋去束縛般沉醉的淫魔，昴也再次挺起腰部應戰。或者說，是在不知不覺間因莉莉絲的魔力而著迷了。

（不對，從一開始就是如此了。從相遇的那一刻起，我就迷上莉莉亞了。）

「呀唔，啊，呀唔嗯！呀啊，啊，被刺到……不可以用雞雞逗弄，莉莉亞的子宮啦！啊，嗯，呼唔嗯！」

昴挺出腰部，莉莉亞搖動屁股。每動作一次沉甸甸的乳房就會大大地搖晃，不

知羞恥地套弄著的前端冒出乳白色液體，如同在沖澡般朝四處飛散。

「呀，呼，啊呼啊！不行，要漲奶了……子宮被逗弄，胸部，擅自噴出來了……啊，啊，不要，好想要你的寶寶，好想要喔……噫嗚嗚嗚！」

莉莉亞的汗水與愛液還有母乳，一滴滴都確實地削去昴的理性。光是聞到甜美氣息雄物就會腫脹，腰部也會擅自搖動貫穿美麗惡魔的膣穴深處。

「呼啊啊，要去，要去了……莉莉亞，又要去了啦……被昴的雞雞弄到墮落了啦……啊，啊，這裡……這裡，受不了……！」

莉莉亞的語調已經完全變奇怪了，然而與嘴巴跟舌頭相反，腰部動作卻是愈發俐落。它用過分精確的磨蹭動作渴求年輕肉竿，向昴撒嬌乞討第二發的射精。

「欸，欸，昴，把精子，射出來吧，再讓我喝個飽……啊啊，啊啊嗯！」

與比時相比判若兩人的撒嬌模樣讓陰莖硬化，從睪丸那邊填充新的精液。

（咕，不過，不過要再忍耐一下……像這樣的莉莉亞，或許再也見不到了！）

昴一心一意地想要欣賞莉莉亞撒嬌的模樣，就算多看一秒也好，所以拚命地忍耐爆發。然而，昴卻忘了一件事。那就是跨在自己身上的是淫魔始祖莉莉絲。

「不行，我，已經，想要得不得了了……嘿！」

「嗚呀唔唔!?」

為了得到愛徒的精液，莉莉亞選擇的是只有惡魔才做得到的手段。尾巴的柔軟前端鑽進昴的股間，裹住正以猛烈速度趕工生產精子的陰囊，溫柔地按摩起那邊。

「啊，這樣犯規……啊唔，啊嗚嗚!!」

被比先前這樣做時還要巧妙許多的觸碰揉捏，昴再也無法反抗。然而，莉莉亞又發動了更加惡毒的追擊。

「這是灑米的預演唷，昴……嗯……嗯嗯嗯……！」

莉莉亞用自己的手擠乳房，將純白色奶水浴灑向昴。

「昴，喜翻，喜翻……射出來，讓我當媽媽……啊啊，啊啊啊啊……!!」

甜美愛語如有致命一擊般接連發出，完全籠絡了徒弟的身心。

「莉莉亞……啊，出來了，要出來了，出來了……咕……咕唔……!!」

那無疑是至今為止的人生中最棒的射精。昴被連靈魂都要釋出般的駭人快感包裹，一邊在莉莉亞的子宮裡注入大量精液。

「噫咿咿咿，噫，噫咿咿咿！去了……去了……呀啊，噗要，噗要噗要，小妹妹，要溶掉了！啊啊啊啊!!」

有如追隨昴般，莉莉亞也迎來高潮。她捏緊兩顆豐乳，將奶水噴灑至四周，用無數雌黏膜裹住肉棒搾取種子。

「昴，昴啊！呼噫，噗行……啊，啊，啊啊啊啊！莉莉亞，要變，奇怪了……啊，啊，啊啊啊——!!」

陰莖被蜜壺上下套弄，睪丸被揉捏，一邊沐浴在母乳下的昴，就這樣持續著極度幸福的射精。

8 莉莉亞的測試

「啊，日期變了呢。」

將第四發的種子注入莉莉亞體內後，昴總算有餘裕確認時間。由此可證灌入魔力的母乳有著極強的功效。

「哎呀，真的呢。呵呵，是跟你相遇，並且成為我徒弟的重要紀念日呢。」

蓋在昴身上的莉莉亞撩起金髮，一邊瞇起雙眼。

「而且，也是莉莉亞的生日喔。恭喜。」

「謝謝你，昴……如此一來，你也當了我十年的徒弟呢。」

「是這樣呢。」

「剛好是一個整數，給你來個小測驗吧。」

「測、測驗？」

「不用那麼警戒啦。合格的話，我就認同你能獨當一面。」

莉莉亞的提議令昴亢奮，因為他長年以來心心念念的就是能被心愛女性當成能夠獨當一面的人看待。

「測驗的內容是……？」

「很簡單唷，只要今晚能讓我懷孕就合格了。不行的話，就不及格……順帶一提，要讓惡魔懷孕可是相當累人的喔？因為子宮有魔力防護罩，半吊子的精子可是不會著床的呢。」

「欸……」

「所以只能以量取勝了，請加油吧，達令。今晚……不對，不要以為今天有辦法睡覺喔。」

莉莉亞讓昴含住乳頭，讓他喝下甜美奶水。在注入魔力的母乳助威下，年輕肉莖硬邦邦地腫脹起來。

「沒事的，身為師父，今後我也會仔細地、充分地、黏膩地鍛鍊你的精子唷。做好覺悟吧，你這個，愛徒♡。」

終章 我有一個「惡魔」徒弟

莉莉絲是初始惡魔，是最古老、最強大的惡魔。

莉莉絲是連獻給自己的可憐活祭品都能迷惑住的美麗惡魔。

莉莉絲是收人類小孩為徒，之後又讓對方入贅的人妻。

莉莉絲是連神明都能勾引、最最美麗的高傲惡魔。

莉莉絲是只跟良人交合，甚至讓對方跨在上面、壓在身上的新娘。

莉莉絲把忠實又勇敢的貓頭鷹當成使魔驅使。

而且這樣的莉莉絲有一個過分可愛的天敵——

後日談之一。

被莉莉亞轟飛的那個神——也就是阿瑞斯，應該說他不愧是神吧，在那之後確認還存活著。只不過在精神面似乎受到頗大的創傷，根據報告目前在天界可喜可賀地當著家裡蹲。

「莉莉絲幹得好」的這種讚賞聲，此起彼落地迴響在天界那邊。

後日談之二。

結界消失後，鬧區正中央發現與阿瑞斯聯手的反惡魔邪教集團。

「被惡魔打敗了。」「惡魔是實際存在的，要消滅那些傢伙！」雖然如此供述，不過話說回來，是因為原本就沒有可信度可言，所以不被任何人當成一回事嗎？他們因身上持有利刃違反刀械管制法而全員遭到警方移送。

而且違法行為陸續遭到媒體批露，就這樣解散了。

似乎有某人進行記憶操作，因此他們沒有任何人記得昴跟莉莉亞，還有阿瑞斯的事。

後日談之三。

昴在踏鞴就職一事已是大內定，只不過是在本人也不知道的情況下進行的。

「我還沒認可唷，因為我還是想讓你跟我一起過家裡蹲的生活。」

身為監護人的莉莉亞也不認可，因此今後會怎樣尚未定案。

擁有神與天使的踏鞴聯合與遠古惡魔以昴為目標的對立，被店內常客視為天界魔界迷你版代理戰爭而投以炙熱的目光。

後日談之四。

洞房夜隔天，莉莉亞交給昴的婚戒升級了。

「之前的那個有設置機關，在你出意外時會發動唷。就算是當場死亡，靈魂也能暫時留在世上這樣。」

莉莉亞說出很不得了的事，不過要實現這種機能當然需要超乎常軌的魔力。這是大惡魔莉莉絲才能辦到的體力活。

「只不過這真的是最終手段唷。我有進行改良，像前陣子那樣被砍到也會發動喔。」

能做到這種細活，莉莉亞表示都是託昴送的婚戒的福。魔力控制變輕鬆讓她很開心。即便如此，要完全控制莉莉絲的巨大魔力目前仍是不可能的事情。

後日談之五。

「材料還有剩吧？既然如此，就再做一個囉。」

昴在思考要改良莉莉亞的專用戒指時，卡塔莉娜給了這種建議。

「弄成兩個戒指嗎？相同機能的東西就算重複使用，也沒多大效果……」

「不對不對，我是指戒指以外的飾品啦。身為菜鳥魔具工匠——雖然我不想這樣說，不過要用道具完全控制莉莉絲的魔力，哎，基本上是不可能的事。」

「這……我是不否認啦。」

「是吧？那個戒指也產生了一定程度的效果，我覺得最好別抱更高的期望唷。所以啊，比起機能，要不要以其他效果為目標？」

雖然在意上司臉上的賊笑，昴卻也覺得比做兩個戒指要好，因此他照著卡塔莉娜的提議製作了新的魔具。

「這個真的沒問題嗎？」

跟戒指幾乎具有同等效果的新魔具，是嵌在尾巴上的飾品類型。

「沒事沒事，之前我也做過類似的上級惡魔用飾品。」

幸好正如卡塔莉娜所言，莉莉亞很開心地把新魔具戴到尾巴上了。

「你呀，獨占欲很強呢。話說回來……呵呵，偏偏是在莉莉絲的尾巴套上戒指吶。」

根據莉莉亞所言，惡魔尾巴上的飾品似乎是隸屬之證。

知道此事後昴連忙要莉莉亞還回飾品，但她卻沒有答應。

「角跟尾巴之後，接下來打算昴要讓我的哪裡屈服呢？是翅膀？胸部？還是……子宮？」

然後是，現在。

打完工回家的途中，入家昴被一個瞳孔瞪得老大的年輕男人搭話。大約半年前也看過類似的臉龐。

「惡魔盯上我們了，只有信神才能得救。」

「啊，這種事正好趕上呢。我可是有請惡魔守護著。」

隨口應付後，昴大步趕路。因為不快一點就會趕不上附近超市的打烊時間。

「叽，惡魔主義者……」

男人上次在這裡就退縮，但這回卻是死纏不放。與昴並肩而行後，他以激動語調向他攀談。

「年輕時或許會被惡魔這種存在吸引，不過那只是一時迷惘罷了。」

或許對方是好心吧，但對自宅有個餓肚子家裡蹲惡魔的人而言，這只能說是礙事。

（如果對這個人說我師父，不對，說我的老婆是惡魔，而且還是莉莉絲的話，他會露出怎樣的表情呢？）

一邊將旁邊傳來的聲音當成耳邊風，昴一邊浮現惡作劇般的笑容。

（啊，搞不好有點想看看了。）

昴停步打算向男人開口時，頭頂傳來小小的翅膀聲。

「怎麼了，昴？」

「…………！」

莉莉亞身穿有如鮮血般赤紅的連身洋裝，背對月亮優雅地從天而降。

被月光照亮的金髮光輝，以及角跟翅膀，還有尾巴的剪影是如此美麗，奪去昴的目光與心神。

而且，旁邊的年輕男人似乎也是如此。他連作夢都想不到眼前的美女就是初始惡魔吧。對他而言，這甚至是某種意義下的惡魔。

「師、師父妳是在幹麼啊，在這種大街上！」

「沒事的，我有好好讓外面看不見。」

「平常明明不怎麼肯外出，卻會在這種時候輕易地……」

「真是囉嗦的徒弟耶，你是我的母親嗎？不是吧，你是要讓我當媽媽的吧？」

「等、等一下莉莉亞!?」

「而且呀，這麼美麗的太太過來接你，請你更開心一些吧，笨蛋徒弟。」

尾巴啪啪啪地拍打昴的臉頰。

「好了，要回去囉……嘿咻。」

莉莉亞將昴抱起，開始拍動翅膀。

「欸，可是我還沒買好東西……」

「那種事叫外賣就行了啦。今晚是滿月，我都欲火焚身了。快點讓我騎到身上吧，還是你想把我壓在下面？讓我四肢伏地，像野獸般侵犯我也沒關係唷？呵呵呵。」

莉莉亞用熱情視線望向這邊，就像忘記現場還有第三者似的。

「啊，那邊的人類。在消除記憶前，我就告訴你一件好事吧。」

再次背對月亮飄浮在夜空中的莉莉亞，對茫然的男人如此說道。

「惡魔的確有時候會盯上人類。不過啊，比惡魔更可怕的人類也是有的喔，就像我這個達令這樣。」

「我、我嗎!?」

「嗯嗯，對我來說沒有比昴還可怕的存在了。因為你呀……」

莉莉亞將嘴巴湊至昴耳畔，有如囁語般接著說道：

「對我來說是惡魔般的可愛徒弟唷。」

國家圖書館出版品預行編目資料

我的魅魔師父好洶好可愛 / 青橋由高作 ; 梁恩嘉譯 . --
1 版 . -- [臺北市] : 城邦文化事業股份有限公司尖端出版 : 英屬蓋曼群島商家庭傳媒股份有限公司城邦分公司發行 , 2023.1
面 ; 公分
譯自 : 僕には悪魔な師匠がいます
ISBN 978-626-338-803-1 (平裝)

861.57　　111017193

浮文字

我的魅魔師父好洶好可愛

（原名：僕には悪魔な師匠がいます）

著　者／青橋由高　繪　者／HIMA　譯　者／梁恩嘉
執　行　長／陳君平　美術總監／沙雲佩　國際版權／黃令歡、梁名儀
榮譽發行人／黃鎮隆　美術編輯／陳又荻
協　理／洪琇菁　執行編輯／曾鈺淳
總　編　輯／呂尚燁　內文排版／謝青秀

出　版／城邦文化事業股份有限公司　尖端出版
台北市中山區民生東路二段一四一號十樓
電話：（〇二）二五〇〇－七六〇〇
傳真：（〇二）二五〇〇－二六八三
E-mail: 7novels@mail2.spp.com.tw

發　行／英屬蓋曼群島商家庭傳媒股份有限公司城邦分公司　尖端出版
台北市中山區民生東路二段一四一號十樓
電話：（〇二）二五〇〇－七六〇〇（代表號）
傳真：（〇二）二五〇〇－一九七九

中彰投以北經銷／楨彥有限公司（含宜花東）
電話：（〇二）八九一九－三三六九
傳真：（〇二）八九一四－五五二四

雲嘉以南／智豐圖書有限公司
（嘉義公司）電話：（〇五）二三三－三八五二
傳真：（〇五）二三三－三八六三
（高雄公司）電話：（〇七）三七三－〇〇七九
傳真：（〇七）三七三－〇〇八七

香港經銷／一代匯集
香港九龍旺角塘尾道六十四號龍駒企業大廈十樓B&D室
電話：（八五二）二七八三－八一〇二
傳真：（八五二）二五八二－一五二九

新馬經銷／城邦（馬新）出版集團 Cite（M）Sdn. Bhd.
E-mail: cite@cite.com.my

法律顧問／王子文律師　元禾法律事務所
台北市羅斯福路三段三十七號十五樓

二〇二三年一月一版一刷

郵購注意事項：
1.填妥劃撥單資料：帳號：50003021戶名：英屬蓋曼群島商家庭傳媒(股)公司城邦分公司。2.通信欄內註明訂購書名與冊數。3.劃撥金額低於500元，請加附掛號郵資50元。如劃撥日起 10～14日，仍未收到書時，請洽劃撥組。劃撥專線TEL：(03)312-4212 ・ FAX：(03)322-4621。E-mail：marketing@spp.com.tw